EL MEJOR MARIDO
Lass Small

NOVELAS CON CORAZÓN

Editado por HARLEQUIN IBÉRICA, S.A.
Hermosilla, 21
28001 Madrid

© 1999 Lass Small. Todos los derechos reservados.
EL MEJOR MARIDO, Nº 868 - 7.7.99
Título original: The Best Husband in Texas
Publicada originalmente por Silhouette Books, Nueva York.

Todos los derechos están reservados incluidos los de reproducción, total o parcial. Esta edición ha sido publicada con permiso de Harlequin Enterprises II BV.
Todos los personajes de este libro son ficticios. Cualquier parecido con alguna persona, viva o muerta, es pura coincidencia.
™ ® Harlequin, logotipo Harlequin y Deseo son marcas registradas por Harlequin Enterprises II BV y Novelas con corazón es marca registrada por Harlequin Enterprises Ltd.

I.S.B.N.: 84-396-7293-4
Depósito legal: B-24198-1999
Editor responsable: M. T. Villar
Diseño cubierta: María J. Velasco Juez
Composición: M.T., S.A.
Avda. Filipinas, 48. 28003 Madrid
Fotomecánica: PREIMPRESIÓN 2000
c/. Matilde Hernández, 34. 28019 Madrid
Impresión y encuadernación: LITOGRAFÍA ROSÉS, S.A.
c/. Energía, 11. 08850 Gavá (Barcelona)
Fecha impresion para Argentina:6.2.2000
Distribuidor exclusivo para España: M.I.D.E.S.A.
Distribuidor para México: INTERMEX, S.A.
Distribuidores para Argentina: interior, BERTRAN, S.A.C. Vélez Sársfield, 1950. Cap. Fed./ Buenos Aires y Gran Buenos Aires, VACCARO SÁNCHEZ y Cía, S.A.
Distribuidor para Chile: DISTRIBUIDORA ALFA, S.A.

Capítulo Uno

Con sólo diecinueve años, Iris Smith Osburn perdió a su primer marido en la «Operación Tormenta del Desierto», en la Guerra del Golfo. Un tanque norteamericano arrasó la pequeña trinchera en la que Jake se encontraba. Al ser uno de sus propios hombres, el gobierno de los Estados Unidos pagó una indemnización, a pesar de que el asunto tuvo que llegar a los tribunales.

Iris, que vivía en San Antonio, Tejas, a pesar de estar muy desconsolada, decidió compartir la indemnización con la familia de su marido, aunque ésta le era muy hostil. Pensaban que Iris era egoísta, pero aceptaron la mitad del dinero que les ofrecía el abogado de Iris. La factura del abogado se pagó de la mitad de Iris.

El segundo marido de Iris era el mejor amigo de su marido. Era un hombre bueno, agradable y amable, como su primer marido. Tom murió de una extraña enfermedad del Golfo, de la que aún no se sabían las causas. Como él también había estado en la Guerra del Golfo, Iris recibió igualmente la indemnización del gobierno. Pero, en aquella ocasión, no había familia con la que compartirla.

Su tercer marido era amigo del segundo. Peter Alden era un hombre encantador y, aunque Iris no estaba dispuesta a casarse de nuevo, él era muy persuasivo y la convenció para que se convirtiera en su esposa. Sin embargo, mientras Peter estaba presenciando un rodeo, fue aplastado entre las barreras por un toro que se había escapado. La muerte de Peter fue tan rápida que afectó profundamente a Iris.

Las mujeres que asistieron al duelo murmuraban sobre ella, diciendo que Iris fingía su pena e insinuaban incluso que miraba a través de las manos con las que se cubría la cara para buscar al siguiente.

Aquella vez, Iris no sólo consiguió el seguro de vida de su marido, sino también el cuñado de Iris, que era abogado, demostró que había sido una imprudencia de los dueños del rodeo. Además, él rehusó cobrarle por sus servicios.

De todos modos, Iris ofreció a la familia de Peter la mitad de la compensación que le ofrecieron los tribunales, pero ellos la declinaron. No querían que su hijo abogado estuviera mucho con Iris, rubia y de ojos azules. Resultaba evidente que ella era peligrosa para los hombres.

Ella se trasladó a Fuquay, aproximadamente a cien kilómetros al noroeste de San Antonio, cerca de Kerrville. Por aquel entonces, Iris tenía veinticuatro años y había perdido a tres maridos. Todos sus matrimonios habían sido muy breves. Sentía que había sido gafe para todos ellos y se dijo que nunca volvería a casarse.

En febrero de aquel año, sus parientes y amigos la recibieron con los brazos abiertos, aunque algunos mostraron reservas. En general, su extensa familia se mostró compasiva, pero algunos no dejaban de considerarla una amenaza. Había algo sobre aquella joven y atractiva viuda que atraía a los hombres... Además, económicamente, su posición era holgada, lo que suponía un atractivo adicional.

Al ser la mayor de la sus hermanos, resultaba un poco extraño que Iris regresara a Fuquay, para vivir en casa de sus padres de nuevo. Por mucha curiosidad que ella levantara, lo único que buscaba era la protección de la familia.

La casa familiar no había cambiado mucho a lo largo de los años, llena de muebles pasados de una generación a otra y de cortinas de ganchillo. Incluso para los extraños, resultaba una casa acogedora.

Iris sabía que su habitación no había sido utilizada por nadie desde que ella se marchó porque la casa tenía muchos dormitorios. Podría ir a su habitación, cerrar la puerta y estar a solas. La casa estaba muy silenciosa, parecía como si hubiera sido congelada en el tiempo. Como Iris... Ambas parecían estar expectantes... esperando ¿qué? ¿a quién?

Iris miró con ojos cansados las fotografías que había colgadas en la pared. ¿Qué habría sido de aquella chiquilla que había atesorado todas aquellas fotografías? ¿Quién sería aquella mujer que se reía? Iris recordó todos aquellos momentos y rió, como no lo había hecho en mucho tiempo. No podía recordar la última vez que lo había hecho ni sobre qué había sido.

En aquella pared, no había fotografías de ninguno de sus maridos. Le parecía que su vida se había detenido cuando se marchó de aquella casa, tranquila y silenciosa. Y había vuelto a ella como un fantasma.

Iris abrió una de las ventanas de la habitación y dejó entrar el aire fresco del invierno de Tejas. Debía soplar el viento del norte. Tal vez si abría las ventanas, la casa se refrescaría y volvería a la vida.

¿Y ella? ¿Podría ella volver de nuevo a ser la mujer que había dejado aquella casa para mudarse a San Antonio y asistir al colegio Incarnate Word? De aquello parecía hacer... una eternidad.

No. No podía volver atrás en el tiempo ni podía encontrar el motivo que le impulsara a ir hacia delante. Estaba perdida. Nunca se casaría de nuevo. Era horrible pensar que había enterrado a tres hombres buenos... y tan jóvenes.

A los veinticuatro años, era mayor que sus dos primeros marido cuando fallecieron. Ni ella ni sus familias sabrían nunca en qué clase de hombres se habrían convertido, lo que habrían hecho de sus vidas ni los hijos que podrían haber tenido.

Los ojos se le llenaron de lágrimas. Nunca se casaría de nuevo. No podría soportar ser la viuda de otro hombre. Sentía que ella era una maldición. Al darse cuenta de aquello, al ver con claridad aquellas vidas segadas antes de tiempo, se sintió abrumada hasta el punto de que no sabría como continuar. Por lo tanto, decidió aíslarse del mundo, meterse en una cápsula, para estar sola y en silencio.

Los que la querían, intentaban convencerla de que aquélla no era la solución, pero ella había decidido aíslarse hasta que pudiera afrontar de nuevo su vida.

Su madre la observaba, notando el nerviosismo del padre, que se sentía impaciente e intentaba hacer que la madre la obligara a ser la de antes.

–Déjala durante un tiempo. Esto ha sido un duro golpe para ella –decía la mujer.

Su madre entendía exactamente la pena que Iris soportaba encima de los hombros. Sin embargo, sus hermanas sentían una mezcla de compasión e irritación, ya que, por mucho que trataban de hacerla salir de su caparazón, no lo conseguían.

A pesar de que normalmente estaba muy ocupado, su hermano se sentaba con ella en silencio, si pedirle nada. Simplemente estaba con ella, arreglado una pieza del coche, escribiendo una carta, viendo la televisión, estudiando... Estaba con ella. Pero la mayoría de las veces, Iris no se daba cuenta.

Las amigas de Iris en Fuquay eran muy amables y consideradas con ella. Pero también eran algo entrometidas, aunque intentaban ser discretas. El hecho de que Iris hubiera tenido tres maridos era suficiente para irritar a las amigas que permanecían solteras.

La compañera del instituto de Iris, Marla le había dado una solución muy simple a Iris: ya que ella tenía gemelos, le dejaría uno de sus hijos para que se distrajera. Al sujetar en sus temblorosos brazos al bebé, Iris sólo pudo pensar en que ninguno de sus maridos le había dejado una parte de él.

–Tenemos tiempo –le había dicho cada uno de ellos–. ¿Por qué apresurarnos? Disfrutemos el tiempo que podamos estar los dos solos.

Y así lo habían hecho, pero el caso es que la que se había quedado solar era Iris. Sólo con su familia, tan corriente y tan ocupada. Así que Iris se quedaba sola, en silencio, mirando el reloj, lo que dejaba estupefactos a toda la familia. ¿Por qué tendría tanto interés en el reloj? Si ella no podía ver la hora, o en su reloj de pulsera o en el del salón, preguntaba:

–¿Qué hora es?

–¿Es que vas a ir a algún sitio? –le preguntaba la familia, con atónito interés.

–No –respondía ella, devolviéndoles la mirada.

–¿Estás esperando a que empiece un programa en la televisión?

–No.

La familia no entendía aquel interés por el tiempo de Iris. No sabían que lo único que ella quería era que el tiempo pasara, y no tenía nada que fuera lo suficientemente importante como para que el tiempo pasara más rápido. Así que, dependía del reloj para que lo hiciera... para que el tiempo pasara.

El vecino que tenían en el rancho de al lado, Austin Farrell, quería ser el cuarto marido de Iris. Sus padres le habían puesto el nombre en honor de Stephen F. Austin, quien había sido el primer pionero en llevar el ganado a Tejas, muchos, muchos años atrás. Bueno, así parecía ser en la historia de Tejas, pero en realidad sólo había sido doscientos años antes.

Austin Farrell era un buen hombre, testarudo y obstinado, de casi treinta años. Medía aproximadamente un metro ochenta y su rancho era uno de los más productivos de la zona. Y estaba todo pagado, incluso los impuestos. Tenía los ojos grises, de un extraño tono azulado y rostro muy bronceado, siempre bajo su sombrero de vaquero. Él deseaba a Iris y, como buen tejano, siempre conseguía sus propósitos.

Sin embargo, Iris se había llegado a sentir como la ponzoñosa Lucrecia Borgia, duquesa de Ferrara. Aquel título se parecía muchísimo al apellido de Austin. La duquesa había vivido en Italia entre 1480 y 1519. En aquella época, Lucrecia se había hecho famosa por despachar a un buen número de amantes.

Sin saber que su madre era cómplice con Austin, Iris rechazó la invitación que él le hizo un día para ir a ver una obra de teatro.

—La obra tiene una historia muy divertida. Te hará reír —le dijo.

La idea de reírse con algo le resultaba tan increíble a Iris que ella miró a Austin para comprobar si él le hablaba en serio. Y así era.

—Yo soy la versión tejana de Lucrecia Borgia. Mira lo que he hecho con mis tres maridos —replicó ella con amargura.

—Sólo te he pedido que vengas a San Antonio conmigo a ver una obra en el teatro Majestic —le respondió él, ahogando la compasión que aquellas palabras habían producido en él–. Todavía no te he pedido que te cases conmigo –añadió él. Iris lo miró con sospecha–. ¿Quién te gustaría que fuera con nosotros de carabina?

Iris estaba distraída. Pero su madre estaba apoyada en el quicio de la puerta, escuchando y le dijo a Iris:

–Deberías ir a la obra.

Edwina Smith era una mujer muy inteligente que entendía perfectamente la actitud de Iris.

Iris consideró la propuesta de Austin. Le había dicho que llevara a una carabina. Se puso a pensar en las posibles candidatas y por fin, escogió a Violet, que era demasiado tímida para coquetear. Aquella cita le daría la oportunidad a Violet de aprender y practicar.

–Violet –respondió Iris–. Te caerá muy bien.

El corazón le dio un vuelco a Austin y miró desesperado a la madre de Iris para que lo animara. Edwina sonrió muy levemente, pero era una sonrisa muy triste.

Pero Austin estaba decidido. Le explicó todo a Violet y le ayudó a encontrar una pareja para aquella ocasión. Al final, Iris fue a la obra. Austin y su amigo Bud escoltaron a las dos... flores Iris y Violet. El hecho de que se llamaran así había dado lugar a muchas burlas en el pueblo, pero ellas habían crecido juntas y se habían acostumbrado.

Sin embargo, para disgusto de Austin, Bud intentó emparejarse con Iris.

–Se supone que es a Violet a la que tienes que

prestar atención –le espetó Austin a su amigo–. Deja a Iris en paz.

Bud sonrió. Austin se pasó la primera parte de la velada, cambiando a Iris de un lado a otro para evitar las insinuaciones de Bud.

–Tienes unos dientes estupendos –le dijo Austin a Bud, cuando ya estaba cansado. Bud sonrió–. Sería una pena que les ocurriera algo –añadió Austin.

Bud perdió la sonrisa al darse cuenta de la amenaza que podría suponer para él, un joven de veintiséis años, un hombre maduro y con la experiencia de Austin. Entonces fue Austin el que sonrió.

Bud notó que Austin tenía un diente partido y recordó cómo se lo había hecho. También se dio cuenta de que los nudillos morenos de Austin estaban llenos de cicatrices, y llegó a la conclusión de que no merecía la pena tener problemas con él.

La obra era una versión de *No puedes llevártelo*. A pesar de las muchas veces que los actores la habían representado, resultó estupenda. La obra trataba de que hay que vivir la vida. Era una buena razón, por eso Austin había decidido llevar a Iris a verla. Ella sólo tenía veinticuatro años y todavía tenía una larga vida por delante. Austin pensaba que ella no debía desperdiciarla, aunque Iris no se hubiera dado cuenta.

Al ver la obra, la única conclusión que Iris sacó fue que sus maridos no habían tenido tiempo de vivir la vida. En vez de animarla, la obra sólo consiguió que se diera más cuenta de lo jóvenes que habían muerto sus maridos, de cuántas cosas se habían perdido, de lo cortas que habían sido sus vidas... y sintió una pena inmensa por ellos.

A Austin jamás se le habría ocurrido que Iris fuera a reaccionar de aquella manera. Entre las risas de los espectadores, él observó que Iris permanecía en silencio y se preguntó a cuál de sus maridos echaría más de menos. ¿Cómo podría él preguntárselo?

Al acabar la obra, todos ellos se dispusieron a abandonar el teatro, junto con el resto de los espectadores. Al salir, se dirigieron al coche, que tenían aparcado en Travis Park Square. Bud se dispuso a conducir, mientras vigilaba a la pareja sentada en la parte de atrás.

No estaban sentados juntos, sino separados, cada uno mirando por la ventanilla.

–¿Estás bien? –le preguntó Austin a Iris en voz baja.

Ella parpadeó y se volvió a mirarlo para que él le repitiera la pregunta. Luego ella asintió.

Austin se quedó muy sorprendido por aquella reacción. Normalmente las mujeres aprovechaban aquella pregunta para exponer todas sus penas. ¡Y pensar en todas las respuestas que ella le podría haber dado! Le podría haber dicho «¿Comparado con qué? ¿A qué te refieres?» o incluso, «¿Por qué?» Lo mejor hubiera sido que ella le explicara el por qué de aquella pena. Estaba como muerta.

Austin miró a Iris de nuevo. Sí, la descripción de «como muerta» le encajaba muy bien. No respondía, ni mostraba ninguna animación, ni ganas de coquetear. Y tampoco se reía.

Todos sus movimientos eran respuestas automáticas a las necesidades de andar, comer... Austin se preguntó si le quedaría algo de vida en aquel cuerpo tan hermoso. ¿Cómo podría conseguir encender su pasión y conseguir que ella lo viera como un hombre, que mostrara interés en él, que lo deseara?

Ella permaneció mirando por la ventanilla en silencio. Austin consideró que estaba muerta. Tan muerta como los tres maridos. ¿De qué le servía la vida? Ya no la disfrutaba y era exactamente como si estuviera compartiendo las tumbas con ellos.

Pero, ¿cuál de ellas elegiría Iris compartir?

Austin se sorprendió mucho al descubrirse deseando ser el que ella eligiera. Cada uno de aquellos hombres la habían amado lo suficiente como para casarse con ella. Para estar con ella, para escucharla. Habían hecho el amor con ella. ¿Se habría reído ella alguna vez con ellos?

Austin sintió compasión por aquellos tres hombre, pero, sin embargo, no la rechazó. En vez de eso, le tomó de la mano a Iris, estableciendo un vínculo entre ellos a través de la pequeña y fría mano de ella y la fuerte y grande de él. El roce de aquella mano resultaba muy reconfortante para la pena que se había despertado en Iris.

¿Se vería ella libre alguna vez del sentimiento de culpa que sufría por el hecho de que sus maridos estaban todos muertos y ella seguía viva? Todos ellos habían sido muy buenos. Entonces, Austin movió ligeramente la mano, apretándole ligeramente los dedos y le recordó que él estaba allí.

Aquella mano, áspera y fuerte, era la de un hombre que trabaja físicamente. Le hacía sentirse tan reconfortada que Iris se emocionó por aquel consuelo. Las lágrimas le inundaron los ojos.

Austin se dio cuenta de que ella estaba llorando al pasar por unas farolas que le iluminaron el rostro. ¿Por qué lloraba? Al considerar la situación personal de ella y las enseñanzas de la obra, supo que Iris había entendido el mensaje de la representación. Sin embargo, en vez de mirar al futuro con esperanza, ella miraba al pasado con abandono. ¿Se sentiría sola? Aquello era imposible, teniendo una familia tan ruidosa y numerosa. Eso, si ella se daba cuenta de quién estaba a su alrededor.

¿Estaría pensando en la pérdida de sus maridos? Ellos no habían podido disfrutar la vida... ¿Cómo podría alguien hacerle entender a Iris que lo que había pasado, pasado estaba y quedaba atrás?

El pensar en la obra le dio el valor a Austin para romper el hielo.

—Ha sido una obra muy buena.

—Sí —replicó ella, tras una pausa.

—Hay que vivir el presente.

Iris no respondió, pero tampoco apartó la mano del refugio que le daba la de Austin. Él no estaba seguro si era conveniente seguir hablando. Todo aquello podría hacer que Iris se emocionara. Era la primera vez que salían juntos, con Bud y Violet por supuesto, y podría ser más prudente no forzarla a hablar. Podría esperar, necesitaba conseguir que ella se acostumbrara a él, que estuviera cómoda a su lado. Ya tendrían tiempo de hablar más adelante. Él era mayor que ella y tenía más experiencia.

¿Sería eso verdad? ¡Ella había tenido tres maridos! Aunque todos ellos habían sido tan jóvenes... no podían haberle enseñado nada de la vida. Y, además, ella no había estado con ellos el tiempo suficiente para aprender. Iris necesitaba alguien que permaneciera con ella y la hiciera madurar.

Ella lo necesitaba... a él.

Austin de nuevo volvió la vista para mirarla. La mano de ella, fría al principio, se estaba calentando. Estaba relajada y... confiada. ¿Sería cierto que confiaba en él? Sin embargo, no dejaba de mirar San Antonio por la ventana mientras se dirigían a la autopista que los llevaría a Fuquay.

Mientras tanto desde el asiento de delante, se oía como Bud entretenía a Violet con sus viejos chistes de siempre. Ella no había dicho ni una sola vez que los chistes estaban ya pasados de moda. O tenía un corazón muy compasivo o nadie se los había contado nunca. A decir verdad, Bud los contaba con mucha gracia. De vez en cuando, incluso hacía reír al propio Austin.

Pero Iris no sonreía. Seguía mirando por la ventana, sin decir palabra. Y Austin siguió agarrado de la mano de ella, también en silencio.

Cuando Iris llegó a casa, era bastante tarde. Su madre oyó sus suaves pisadas en el porche, seguidas del paso más firme de Austin. Pero la puerta se abrió y cerró casi inmediatamente. Y los pasos de Austin se detuvieron por un momento en el porche. Luego, se dio la vuelta y se marchó por dónde había venido.

Mientras Iris subía a su habitación, su mente estaba muy lejos de ella. Se movía instintivamente. Se desnudó y se metió en la cama sin cepillarse los dientes.

Agotada emocionalmente, se quedó dormida enseguida. Soñó que iba buscando a sus maridos, que los buscaba en lugares en los que ella era una desconocida. Pero nunca podía encontrarlos. ¿Dónde estarían?

Sus maridos habían sido hombres buenos y jóvenes. ¿Estarían juntos? Jake y Tom eran amigos y Peter había conocido a Tom. ¿Se habrían reunido de nuevo? ¿Habrían hablado de ella? Cuando ella muriera, ¿vendrían todos a saludarla? ¿O estarían todos ellos en un nivel al que ella no podría llegar?

Cuando Iris se despertó, vio que tenía los ojos hinchados. Había estado llorando por sus maridos muertos.

Sentía que su vida se había acabado. ¿Cuánto tiempo tendría que esperar ella para poder ir a encontrarse con ellos?

La moraleja de aquella obra había sido convencer a los espectadores de que aprovecharan su vida mientras la tenían. Pero, ¿qué ocurría si ya no se tenía razón para seguir? Ella se había casado tres veces y no tenía a nadie. Ni siquiera tenía un hijo. Ellos la habían dejado... sola.

Iris pasó aquella mañana como lo hacía habitualmente. Estaba agotada, desinteresada de lo que pudiera aguardarle... Aquel sólo era un día más.

Durante el desayuno, mientras se tomaba el té, su madre entró en la cocina y la saludó como lo hacía habitualmente.

–Buenos días, cielo.

–¿Cómo crees que me siento hoy? –preguntó Iris.

–Herida –respondió la madre, mientras se servía una taza de té.

–Sí –replicó Iris, después de considerar aquella respuesta–. Supongo que tienes razón. Tengo tres cortes profundos en el corazón.

–Eso lo describe bien –afirmó la madre, con lágrimas en los ojos.

–Anoche, Austin me llevó a ver *No puedes llevártelo.*

–Sí.

–¿Conoces la obra?

–Muy bien.

–¿Cómo puedo encontrar una razón para disfrutar la vida? –preguntó Iris, entre sollozos.

–Puedes mirar el día y la gente que vive a tu alrededor –respondió la madre, después de un momento–. Puedes mirar hacia el futuro en vez de al pasado.

–Entonces –contestó Iris, con la voz temblorosa por las lágrimas–, ¿me deshago de todos ellos y me olvido de lo que ha pasado?

–No. Simplemente, déjalos... permite que se vayan.

–¿Les digo que se vayan y me dejen en paz? –preguntó Iris, con la voz llena de reproche y amargura.

–Debes hacerlo –insistió su madre con suavidad.

–¡No puedo dejar de pensar en ellos!

–Eres tú la que los tienes atrapados en tus recuerdos.

–¡No! –gritó Iris, levantándose de la silla para abandonar la habitación casi sin tocar el desayuno.

No comer era uno de los problemas de Iris. No comer y no importarle lo que pasaba a su alrededor. Tenía miedo de acercarse demasiado a alguien, así que se comportaba de modo arisco para distanciar a todos los que estaban a su lado. Aquella era su manera de protegerse. No quería amar para no tener que perder a nadie más.

Edwina se preguntó cuándo llegaría el momento en que Iris pediría ayuda. ¿Y a quién? ¿Y por qué? ¿Cuánto tiempo tardaría su hija, herida y frágil en asomarse al mundo y decidirse a formar parte de él de nuevo?

Capítulo Dos

Iris bajó por las escaleras con un vestido largo y ligero, aunque muy arrugado, y el pelo sin peinar. Parecía que simplemente se había pasado los dedos.

–¿Te acuerdas de Fanny? –le soltó Austin, sin saludar, cuando ella bajaba los últimos escalones–. Ha tenido un nuevo ternero. Ven a verlo –añadió sin sonreír ni obligarla.

–¿Nuevo? –preguntó Iris.

–Sí –respondió él–. Joe me ha llamado por la emisora. La vaca estaba lamiendo la bolsa de su cría justo antes de que yo viniera. Pensé que llegarías a tiempo para el nacimiento.

Austin la observó. Ella pasó lentamente a su lado y se dirigió despacio a la puerta. Austin miró a Edwina, que no salía de su asombro, antes de dirigirse a la puerta detrás de Iris.

Dado que ella iba tan lenta, Austin llegó a la furgoneta antes que ella y le abrió la puerta. Ella simplemente se sentó con las manos sobre el regazo.

Austin dio la vuelta rápidamente al coche y se montó, poniendo el motor en marcha inmediatamente. Era consciente de que si Iris había entrado en la furgoneta sin decir nada, también podía bajarse de la misma manera.

Él se dio cuenta de que ella no se había puesto el cinturón de seguridad, pero no se arriesgó a decírselo en aquel momento por miedo a que cambiara de opinión y se bajara del coche... y se marchara. Así que estuvo en silencio hasta que llegaron a las afueras de Fuquay.

–Eh, no nos hemos puesto el cinturón de seguridad –dijo él.

Él la ayudó a ponerse el suyo. ¡Con sus propios brazos protegería el cuerpo de Iris! Sin embargo, ella no se movió para intentar ayudarlo y ni siquiera lo miró mientras él se lo ajustaba. Sólo levantó un poco el brazo y le permitió colocárselo. Cuando le hubo ajustado el cinturón, Austin se puso el suyo. Ella no hizo ningún comentario.

Mientras Austin se iba fijando en el tiempo, en el ganado del vecino y en los otros vehículos de la carretera, también se iba fijando en la respiración y los movimientos que Iris hacía. Ella seguía en silencio, sin moverse.

–Violet y Bud han salido otro día –dijo él finalmente.

Iris replicó simplemente con un sonido que indicaba que le había oído. Austin insistió.

–Los gemelos de Marla tienen tos ferina.

Austin se había pasado aquella mañana hablando con Marla, una amiga de Iris, para poder tener cosas que contarla a aquella mujer tan silenciosa. A pesar de que ella no le respondiera, por lo menos se enteraría de lo que ocurría por el pueblo.

Muy pensativo, Austin miró a Iris y se preguntó si ella lo estaba escuchando. Ella había vuelto la cabeza para mirar por la ventana sin decir nada. ¿Estaba su mente allí? ¿Se daría alguna vez cuenta de la presencia de Austin? ¿Por qué estaba en aquel estado? Desde que había llegado, Iris parecía ir a peor.

Si no hubiera recibido el dinero de sus difuntos maridos, habría tenido que salir a trabajar. Tendría que haber contactado con otras personas... Edwina le había dicho que incluso andaba por la casa de noche.

–¿Duermes durante el día? –le preguntó Austin.

–No.

Austin no podía entender por qué hacía eso por la noche.

Aquel día hacía un aire suave y fresco, que entraba por la ventanilla procedente del golfo.

–¡Qué aire tan agradable! –le dijo Austin a su pasajera–. Respíralo, es bueno para la salud.

–Yo puedo respirar –replicó ella, muy suavemente, pensando que sus difuntos maridos no podían.

Austin parpadeó. Claro que sabía que ella podía respirar. No había entendido lo que había querido decir. Sin dejar de mirar a la carretera, se preguntó si debía preguntárle a lo que se refería. Pero se mordió el labio y cambió de tema.

–Mira el cielo. Es tan amplio y tan azul...

Al ver que ella no le respondía se volvió a mirarla. Ella seguía mirando por la ventanilla. ¿Le estaría ella respondiendo de aquella manera? ¿O sentía que aquella observación era tan obvia que no necesitaba confirmación?

Hicieron el resto del trayecto en silencio. Al llegar al rancho, cruzaron el dispositivo que Austin se había hecho instalar en el suelo. Éste impedía que el ganado saliera, ya que se enganchaban las pezuñas en él, pero facilitaba la entrada al rancho para los vehículos, al evitarle al conductor el tener que bajarse del coche, abrir la verja, pasar el coche y cerrarla antes de meterse de nuevo en la furgoneta.

Algunas veces, por el traqueteo de la furgoneta, el acompañante se echaba sin querer encima del conductor, y si era una mujer, tenía que apartársela del pecho. Además, la mujer tenía que estar decentemente vestida porque había cámaras, que se disparaban cuando el dispositivo sentía peso encima. Un hombre, un caballo o cualquier vehículo hacían que se dispararan las cámaras. Fuera lo que fuera lo que pasaba por encima del dispositivo, quedaba registrado en la cámara.

Aquella cámara era la prueba en caso de robo, ya que registraba la furgoneta, el conductor y la matrícula. Las cámaras estaban escondidas muy astutamente, pero a menudo resultaban robadas. A pesar de que aquello era un inconveniente, merecía la pena reemplazarlas.

Austin miró a su pasajera mientras pasaban el dispositivo de seguridad. Al mirar su cuerpo vio que, a pesar de que ella estaba muy delgada, tenía un cuerpo precioso. Era muy atractiva. Austin la deseaba, como lo había hecho siempre.

Ella se había marchado a estudiar a San Antonio cuando él tenía veinticuatro años. Entonces había pensado que tenía mucho tiempo, ya que ella tenía sólo dieciocho y sólo pensaba en estudiar. Podía esperar. ¿Quién habría pensado que se iba a casar con otro hombre sólo... seis meses después?

Aquella fue la primera vez. Pero Iris se había casado y había enviudado tres veces. En aquellos momentos tenía la edad que él tenía cuando ella se marchó de Fuquay para estudiar. Austin había creído que en el Incarnate Word estaría a salvo porque sólo admitían chicas. Todas las profesoras eran monjas. ¿Cómo se las arreglaron aquellos tipos para conocerla tan rápido? Ya tendría tiempo de descubrirlo.

Austin aparcó el coche al lado de su casa, que sabía estaba impecable.

—¿Te apetece refrescarte? ¿Un café?

—No, gracias —replicó ella, sin ni siquiera mirarlo—. Puedes llevarme a casa.

¿Llevarla a casa? Austin se sobresaltó y la miró, dándose cuenta de que seguía mirando por la ventanilla. ¿Se encontraría mal?

—¿Es que no quieres ver al nuevo ternero que ha nacido hoy?

—Oh —replicó ella, abriendo mucho los ojos—. Sí. ¿Dónde está? —preguntó, mirando por el parabrisas.

—En la cuadra. No está lejos.

—De acuerdo.

Se pasaron el resto de la mañana en el granero.

Ella sonreía, con un gatito en el regazo. El perro del granero parecía querer a Iris, ya que se había sentado a su lado, muy alerta e interesado.

Austin empezó a pensar en el modo de apartar al perro de su lado, ya que era demasiado grande para reemplazar al gatito en el regazo de Iris. Austin se dirigió a uno de los empleados.

—¿Cómo has encontrado el gato? —le dijo, sabiendo que los gatos no dejan que nadie encuentre a sus crías hasta que éstas se las pueden valer por sí mismas.

—Lo oímos maullar —le decía otro hombre a Iris—. Su madre no regresó. Le debe de haber ocurrido algo. Éste es el único superviviente.

Aquella pequeña bolita de pelo se había acurrucado en la falda de Iris y ronroneaba encantado. Los hombres se miraron, pensando que cualquiera haría lo mismo si ella les permitiera acercarse.

Luego la miraron a ella. Se había casado tres veces y, entre otras muchas cosas, había acumulado dinero. Pero no era feliz. Y ellos se dieron cuenta de que Austin no sólo la miraba, sino que también se preocupaba por ella. Iris le pertenecía.

La actitud de Austin era tan evidente que los hombres fruncieron el ceño. Se dieron cuenta de que él la deseaba. Y lo que estaba haciendo aquel día era intentar entrar en su corazón, cuidar de ella y hacerla olvidar a sus tres maridos muertos.

Austin le mostró el ternero. La madre era una vaca lechera muy mansa, así que no le importaba la compañía, mientras lamía a su hijo y éste intentaba levantarse, cayéndose una y otra vez.

Iris sonrió. Muy discretamente, se sentó en la paja, intentando no molestar, con el gatito todavía en el regazo, acariciándolo y protegiéndolo. El gato ronroneaba cada vez más fuerte ya que se sentía a gusto.

Austin miró a su mujer. ¿Cuándo se daría ella cuenta de que él iba a ser su siguiente marido? ¿Cuánto tiempo pasaría hasta que él pudiera apoyar la cara en su regazo, como aquel gatito?

La vaca masticaba el trigo fresco que le habían colocado después del parto como recompensa por haber tenido aquel ternero tan bonito. Iris no dejaba de mirar al ternero, que se tambaleaba menos que antes y mugía llamando a la madre.

Todos los hombres estaban muy entretenidos... mirando a Iris. Ella observaba atentamente al ternero, sin dejar de acariciar al gatito. Pero seguía sin decir palabra. Con su presencia era suficiente para los hombres. Se habían ido congregando allí más de los que parecían necesarios. O al menos eso era lo que le parecía a Austin. Pero no puso ninguna objeción. Aquella era una buena oportunidad para que todos se dieran cuenta de que Iris le pertenecía a él, a su jefe. A Austin Farrell. Ella era suya. Por supuesto, ella todavía no lo sabía.

Austin se estaba preguntando cómo se lo iba a decir, cuando, desde el porche de la casa, el cocinero golpeó el triángulo de hierro con la barra para anunciar que la comida estaba lista.

Austin había supuesto que los hombres desaparecerían, lo mismo que lo hacían siempre que el cocinero daba la señal de comer. Sin embargo, nadie se movió, esperando a ver qué era lo que hacía Iris. Austin estaba seguro de que algunos de los hombres estarían dispuestos a perderse el almuerzo si ella permanecía allí. Entonces él se dirigió a ella y le extendió la mano.

–Es la señal para comer –le dijo–. Por favor, siéntate con nosotros.

Cuando los hombres vieron que ella empezaba a rechazar la oferta, le empezaron a decir:

–Sí, quédate. La comida es buena aquí... Quédate a comer, será un placer...

Cuando ella oyó lo que le decían, tomó la mano de Austin y se levantó sin ningún esfuerzo, y sin soltar al gatito, al que sujetó con la otra mano contra su pecho. A pesar de aquel gesto, no parecía darse cuenta de los hombres que estaban allí, que la miraban con mucha ternura.

Todos ellos se dirigieron a la casa, seguidos por el perro del granero, hasta que Austin le dijo que se quedara para que no se peleara con los perros de la casa. Muy a su pesar, el perro obedeció, quedándose de pie junto a la puerta de la cuadra.

El almuerzo se servía en una larga mesa de madera. Mientras observaba a los hombres que se dirigían a la casa, el cocinero se dio cuenta de que había una mujer entre ellos, lo que le hizo palidecer. A pesar de eso, no se asustó, ya que era un cocinero muy experimentado. La presencia de una mujer no iba a hacerle perder los nervios y preparó el plato de ella con sumo cuidado. Algunos de los hombres protestaron por la atención que se le había prestado a Iris, diciendo que a ellos les amontonaba la comida en el plato.

Mientras comían, todos competían por que Iris les prestara atención. Contaron historias, chistes, ridiculizandose unos a otros y suavizando los chistes que solían contar. No eran tan divertidos, pero por lo menos ella sonreía. Aquello les hacía sentirse como si hubieran ganado un premio.

Todo el mundo sabía quién era Iris y cuáles eran sus circunstancias y los comentarios iban de unos a otros. Aquel día, el almuerzo duró más de lo acostumbrado. A Austin no le importó. Incluso el cocinero se sirvió una taza de café y se sentó a escuchar. Aquella competición de historias era una delicia. Incluso alguno de los trabajadores más viejos contó anécdotas de mucho tiempo atrás, que les habían llegado de generación en generación.

Austin estaba tranquilo porque Iris estaba escuchando. Él había visto cómo ella movía los ojos hacia quien hablaba y prestaba atención. Aunque nunca se rió abiertamente, de vez en cuando sonreía. Y aquella sonrisa era como un regalo para él. Estaba tan melancólica que aquella compañía le hacía bien. Necesitaba escuchar, aunque no tuviera el ánimo suficiente como para articular palabra.

Austin se sentía muy orgulloso de sus hombres. Estaban decididos a entretenerla y lo estaban consiguiendo, sin mencionar el dolor o la pena. Contaron historias que hablaba sobre situaciones extremas, pero nadie tocó el tema del amor, ni de la muerte. Sabían que ella ya había tenido suficiente de aquello para toda la vida.

Austin se preguntó cómo habrían sabido censurar los temas de su conversación y de sus chistes. Los contempló de nuevo y se dio cuenta de que todos ellos eran unos hombres magníficos, a pesar de que la mayoría de ellos, generalmente, eran obstinados y duros. ¿Cómo habrían conseguido comportarse con tanta delicadeza delante de una flor tan frágil? Pero por otro lado, ¿cómo no iba aquel comportamiento a ser así?

Todavía con el gatito en las manos, Iris volvió a casa en compañía de Austin. Ella no había mencionado nada sobre marcharse, pero, a pesar de que él hubiera deseado mantenerla allí hasta que dijera que quería irse, probablemente a sus padres no les habría hecho mucha gracia que se quedara con un hombre hasta muy tarde.

Austin se dio cuenta de que otros tres hombres sí lo habían hecho. Probablemente, nunca había tenido una aventura con nadie, simplemente ellos la habían cortejado y se habían casado con ella. ¿Y el segundo marido? ¿Se habría ido a vivir con ella simplemente? No había pasado mucho tiempo entre el primer matrimonio y el segundo.

Austin la miró, sentada allí, con el gatito dormido en el regazo, en silencio como si siempre hubiera estado allí.

–¿Te gustaría poner un nombre al ternero? –le preguntó él.

–¿Qué nombre le podría poner? –respondió ella, mirándolo.

–Menos Manchas, lo que quieras. Eso suena a perro.

Ella asintió. Austin esperó a que ella dijera algo más, pero Iris se mantuvo en silencio, así que él preguntó:

–¿Qué nombre sonaría bien para un toro adulto?

Ella pareció considerarlo, pero no le dio ningún nombre y se puso de nuevo a mirar por la ventanilla.

–¿Qué te parece El iris de mis ojos?

Ella se volvió a mirarlo, muy lentamente. Él lo miró por el rabillo del ojo. Entonces él se volvió hacia ella y sonrió.

–De acuerdo –dijo ella.

Austin había esperado que ella le ofreciera otro nombre. Ahora el pobre ternero llevaría aquel nombre durante el resto de sus días. «El iris de mis ojos». Iris no se imaginaba la cantidad de chistes que los muchachos iban a hacer sobre aquel nombre, chistes que Austin tendría que aguantar una y otra vez. Hasta la eternidad. Al ternero le iba a dar igual, pero a él... Bueno, ¿y qué le importaba?

Austin llevó a Iris a casa de sus padres y los saludó cordialmente. Habían llegado casi cuando era la hora de la cena, así que Austin aceptó la hospitalaria invitación de beber algo. Se sentó y se bebió lentamente la bebida que le ofrecieron, de manera que nadie pudo pedirle que se marchara. Por supuesto, los Smith no tuvieron más remedio que invitarlo a que se quedara a cenar.

Fue una invitación tan forzada que Austin debería haberla rechazado, pero miró el reloj, hizo que se sorprendía por la hora que era y aceptó encantado.

Todos se sentaron a la mesa, con las hermanas y el hermano de Iris. Ella seguía silenciosa, moviendo la comida en el plato, sin participar en la conversación que se producía alrededor de la mesa.

Emily, una de las hermanas de Iris, estaba muy animada y coqueta con Austin. Tenía veintidós años y trabajaba en la compañía telefónica. Tanta animación molestó a la madre, pero Emily ignoró la mirada de desaprobación que le dirigió su madre y siguió riendo y charlando.

Andy, el hermano de dieciséis años, se dedicó a comer, rebañando el plato como si se tratara de una plaga de langostas.

Jennifer y Frances se limitaban a observar, compartiendo miradas de complicidad. Austin sabía que estaban divirtiéndose, por lo que no se ofendió. Pero su padre no parecía estar tan seguro y demostraba su censura con una mirada de reprobación.

Cuando acabaron de cenar, quitaron la mesa entre todos, Austin incluido. Pero no se marchó sino que siguió divirtiendo a Jennifer y a Frances hasta que a éstas se les saltaron las lágrimas de risa.

El tiempo pasaba y los padres intercambiaban

miradas. Austin no daba señales de marcharse. Edwina le hizo un gesto a su marido con las cejas, pero él se encogió de hombros.

Sin embargo, sobre las nueve y media, Austin hizo intención de marcharse.

–Bueno... –dijo él, levantándose, como preludio.

–Buenas noches –respondió Iris, levantándose también.

Entonces ella salió de la habitación, subió por las escaleras y... desapareció.

Así que tuvo que ser la familia de Iris la que acompañara a Austin a la furgoneta.

Capítulo Tres

Durante los dos días que siguieron, Austin paseó, pensó y gruñó. Ni por un minuto se le ocurrió que hubiera alguna manera de derribar el invisible escudo de acero que rodeaba a Iris Smith.

Sin embargo, sentía la urgente necesidad de verla. ¿Por qué? Sólo, sólo necesitaba verla. Ella era vulnerable, ya había tenido tres maridos. ¿Qué ocurriría si viniera otro hombre y la convenciera para que lo aceptara? Austin tenía que estar cerca de ella para que se acordara de él constantemente.

A pesar de todo, dudaba mucho de que Iris pensara en absoluto en el pobre Austin Farrell. Ella ignoraba a todo el mundo, y se mantenía apartada de todos. Lo único que hacía era soportar el paso del tiempo, tan lento.

Ella era... Bueno, cuando Austin la llevó a la obra de teatro, había escuchado, había absorbido el mensaje. Pero, ¿sería ella de la misma opinión? Saber eso sería muy interesante.

Austin agarró su sombrero y se dirigió a la furgoneta para ir a casa de Iris y verla. Bueno, en realidad la casa les pertenecía a los padres.

Después de llamar a la puerta, le abrió la madre, sonriendo, y fue a llamar a su hija. Austin declinó la invitación de ir al salón a sentarse y se puso a esperar al pie de las escaleras.

Iris bajó enseguida, con un vestido ancho y largo, lleno de arrugas y con el pelo enmarañado. Tampoco llevaba maquillaje. Incluso de aquella manera, era la mujer con la que Austin quería pasarse el resto de sus días. Sonrió.

Iris lo miró de pasada, muy poco interesada. El tiempo pasaba y ella no decía nada ni él tampoco. Estaban de pié, allí, sin hablar. Por fin, ella preguntó:

—¿A qué has venido?
—Para que vengas a ver al ternero. Ya se mantiene en pie.

Sin ninguna respuesta, ella pasó delante de él. Austin abrió la boca, perplejo, ya que creía que le iba a dejar plantado. Sin embargo, en la puerta principal, se detuvo, la abrió, y se dirigió directamente hacia la furgoneta de Austin.

Recobrándose de aquella sorpresa, Austin llegó a la furgoneta antes que ella y le abrió la puerta. Y se quedó allí, mirándola. De nuevo, Iris entró en el vehículo sin decir nada. Él se dio cuenta de que sólo era un medio de transporte para ella. Se montó a su vez en el lado del conductor, arrancó el coche y condujo sin decir nada. Sin embargo, tomó el teléfono del coche y llamó a la madre de Iris para decirle dónde estaba su hija y a dónde iban. La madre se lo agradeció muy amablemente.

¿Por qué querría su familia que estuviera con él? ¿O simplemente era que agradecían saber dónde y con quién estaba Iris? Él simplemente era el «con quién». Era mejor estar con ella, aunque no hablara que estar paseando arriba y abajo de su casa solo y preguntándose dónde estaría Iris.

Iris no dijo ni una palabra en todo el camino. Cuando llegaron al granero de Austin, se bajó de la furgoneta antes de que él pudiera ayudarla, muy independiente.

Austin se dirigió detrás de ella y la siguió lo suficientemente de cerca como para que pareciera que estaba a su lado. Cuando llegaron a la parte del granero donde estaba la vaca, vieron que estaba muy cómodamente echada, mirando a su ternero andar, advirtiéndole cada vez que su cría se alejaba demasiado.

La pequeña criatura era tan curiosa. El pequeño ternero de tres días, a quien habían llamado El iris de mis ojos todavía perdía un poco el equilibrio, pero estaba muy espabilado, mirando y oliendo todo.

La vaca lo observaba de cerca, pero le permitía investigar y mugía cuando el ternero se alejaba demasiado. Entonces, la cría se detenía, pero lo intentaba de nuevo cuando creía que su madre no lo veía.

Pero hizo que Iris riera, y comió de su mano. La vaca mugió suavemente. El ternero dejó de comer y la miró con curiosos movimientos de la cabeza. Fue como si su madre le hubiera indicado que aquella criatura vestida no era uno de ellos. Y Iris rió.

¡Era cierto! Austin no dejaba de mirarla, para

él, el ternero no tenía importancia. Los había visto a montones. Pero su mujer atraía su atención poderosamente. Él la miraba, sonriendo, y no pudo evitar que una lágrima le rodara por las mejillas. Tal vez Iris podría volver a ser lo que había sido.

De repente, Austin se dio cuenta de que habría muchos hombres dispuestos a ayudarla a recuperarse. Aparte de ser una mujer muy hermosa, tenía el dinero de sus maridos y aquello atraía mucho a los hombres. Los hombres buscaban el dinero, se encontrara donde se encontrara.

Pero a Austin no. Él tenía mucho dinero. El problema para él iba a ser mantener alejados a los hombres que iban a intentar conquistarla y que Iris se diera cuenta de que ella estaba hecha para él.

Entonces, el gatito salió tambaleándose de un lado de la cuadra. Se acercó a Iris y maulló de una manera muy frágil.

Iris lo levantó y lo abrazó. Ella le preguntó:

–¿Le ha alimentado su madre? Tiene hambre.

–Voy a mirar –replicó Austin, que no podía salir de su asombro porque le había hablado.

Sin embargo, no encontró a la gata y sabía que jamás la iban a encontrar. Como el gatito tenía hambre, fueron a la cocina de la casa de Austin, y le dieron un plato de leche. Pero, como era tan pequeño, le costaba mucho lamerla del plato. Por eso, Austin fue a por un gotero y así pudieron alimentarlo.

Iris le preguntó algo más a Austin, pero éste se sorprendió tanto que tuvo que mirarla para asegurarse de que había sido ella la que había hablado. Entonces le preguntó:

—¿Qué has dicho?

—Que dónde está su madre.

Entonces, salieron y empezaron a buscar a la gata. Con el gatito desfallecido por el hambre, Austin estaba seguro de que algo le había pasado. Aquella búsqueda era una pérdida de tiempo, pero era un placer para él estar con Iris.

Entonces, Iris habló de nuevo. ¡Estaba manteniendo una conversación con él!

—Me voy a llevar el gatito a casa y me encargaré de que coma.

Austin la miró atónito ante la longitud de la frase y asintió. Entonces ella añadió:

—Tal vez debería volver ahora y empezar a alimentarlo.

Austin estuvo a punto de asentir, pero se dio cuenta de que si ella se iba a casa, no estaría con él. Así que dijo:

—Tengo algo que enseñarte. Déjame que te lleve el gato...

—Yo me encargaré de él. ¿Qué es lo que quieres enseñarme?

—Bueno... —respondió Austin, vagamente, mientras buscaba una respuesta.

—¿Son las flores? —le preguntó Iris.

Austin miró al patio. Los campos estaban perfectos, pero nadie tenía tiempo para cuidar del patio. Los macizos de flores estaban cubiertos de malas hierbas...

—Yo te ayudaré —replicó Iris.

Aquello dejó a Austin sin palabras. No quería que aquella mujer tan frágil se tuviera que agachar...

–Me encantan las flores. Tu madre las cuidaba tan bien. No deberías permitir que las malas hierbas las ahogaran de esta manera.

Austin la miró sin saber qué responder, con la boca abierta. ¡Le estaba hablando! ¿Qué habría ocurrido?

El gatito tenía frío y se había quedado dormido, acurrucado en los brazos de Iris. Ella se lo metió en el bolsillo del vestido y empezó a arrancar malas hierbas.

Austin fue a por un sombrero y los guantes que había usado su madre. Iris se los puso y sonrió. ¡Ella lo miró y le sonrió!

Como estaba tan frágil y era tan cuidadosa, Austin arrancó la mayor parte de las malas hierbas. Entonces, la hizo sentarse y sacarse el gatito del bolsillo durante un rato. El gatito abrió los ojos muy somnoliento y luego se volvió a dormir. Iris se rió y señaló unas cuantas malas hierbas que se habían quedado si arrancar. Austin estaba muy divertido porque mostrara tanto interés. La miró mientras descansaba bajo el sombrero de su madre, con aquel gatito todavía entre los brazos. Ella lo sostenía con tanto cuidado que Austin estaba muy emocionado. Probablemente ella le iba a permitir a aquel gatito que durmiera en su cama. Él suspiró. ¿Y por qué no se lo permitiría a él?

Ella sacó un poco de agua de la fuente del patio y esperó a que Austin fuera a recogerla.

–Necesitas sentarte y descansar un poco –le dijo ella. Austin rió–. Tú también necesitas descansar. Tú me hiciste descansar a mí. Me di cuenta. Te duele la espalda. ¿Por qué?

–Estábamos sacando un tractor del barro y tiré con demasiada fuerza –le respondió él.

–Qué tonto.

Él sonrió y asintió, fascinado de que ella pudiera hablar con tanta facilidad. Ella le dijo:

–Tienes que cuidarte, darte tiempo para recuperarte.

–¿Como ahora? –preguntó él, sin dejar de acariciarla con la mirada.

–Muéstrame dónde te duele –respondió ella, metiéndose de nuevo el gatito en el bolsillo.

Él señaló en la parte izquierda, justo encima de la cintura. Ella le llevó hasta el columpio del patio, que media más de un metro ochenta. Iris hizo que se tumbara y, como tenía las botas llenas de barro, él las dejó colgando por uno de los lados.

Entonces, ella le sacó la camisa de los pantalones y vio que debajo de la camiseta llevaba unos calzoncillos largos.

–Me los desabrocharé –dijo él.

–No es necesario –replicó Iris–. Puedo darte un masaje en la espalda con ellos puestos.

Así que Austin se tumbó como un perrillo al que nunca han acariciado, aunque sin gruñir por el placer que le producía aquella situación. Sólo le daba gracias a Dios por estar tumbado boca abajo.

Después de un rato, ella lo miró y exclamó:

–¡Todavía estás tenso!

Él tenía los ojos enrojecidos y estaba sudando. Lo único que podía hacer era mirarla. Ella se lo recriminó.

–Se supone que esto tiene que relajarte para que puedas dormir.

–Hay... hay otras... cosas que... me gustaría hacer.

Ella no comprendió a lo que él se refería, por lo que miró a su alrededor y le dijo:

–Ya has hecho suficiente por hoy.

Austin sonrió, a pesar de que tenía la respiración entrecortada, mientras se preguntaba si sería capaz de sentarse en el columpio con ella a su lado. ¿O tendría que jadear y sacudir la cabeza y conseguir que Iris se llevara un susto de muerte? Había tenido tres maridos. ¡Tenía que entender a los hombres! Sin embargo, los tres habían sido muy jóvenes y no habían convivido durante mucho tiempo.

–¿Sabes lo que me estás haciendo? –le preguntó Austin.

–Te estoy relajando estos músculos tan tensos –dijo ella con una sonrisa–. Fuiste un tonto y un descuidado.

Austin se preguntó si alguno de sus maridos había sido descuidado o tonto con ella, pero no quiso preguntar. Entonces se puso a pensar en lo mucho que ella había cambiado en aquel día... por fin. Ya le hablaba. ¿Habría sido el gato? ¿Estaría funcionando lo suyo... como pareja? ¿Qué sería lo que le habría despertado? ¿Sería aquella situación similar a alguna vivida con alguno de sus maridos?

Austin abrió los ojos y vio que ella le frotaba profundamente el costado y la espalda y tuvo miedo de que estuviera permitiéndola trabajar demasiado duro, que la dejara agotada y exhausta durante días.

−¿Cómo aprendiste a dar masajes así?

Ella estuvo en silencio durante largo tiempo y Austin pensó que tal vez había despertado algún recuerdo doloroso.

−Estuve en el hospital durante algún tiempo −dijo ella por fin−. Allí me hacían esto a mí ¿Te gustaría que te dé un masaje también en los pies y las manos?

−La próxima vez −respondió él, sabiendo muy a ciencia cierta que no podía volverse. Estaba demasiado excitado.

−Vale, entonces ya puedes levantarte −dijo ella, sentándose.

Al menos no le había pedido que andase. Austin no podía creer que ella estuviera charlando tan alegremente. ¿Qué podría hacer para seguir charlando animadamente?

Él se dio la vuelta y metió las piernas por el respaldo del columpio. ¡Y ella se rió! Él apoyó las manos en lo alto del respaldo del columpio y se apoyó en ellas.

−¿Qué he hecho para meterme en esta trampa? −preguntó él.

Ella rió de nuevo y Austin la miró con el rostro muy sonrojado.

−¿Has acabado ya conmigo? −añadió.

−Tienes los músculos completamente relajados.

Necesitas un buen masaje todos los días durante un rato.

–No conozco a nadie más que pueda dármelo. ¿Puedo ir a tu casa?

–Yo vendré en coche todos los días hasta que te pongas en forma.

–¿A qué hora? –preguntó él, sin poder creerse lo que había oído.

–Tú pones la hora.

–A las cinco.

–¡A las cinco! –exclamó ella, atónita–. ¿Qué es lo que tienes que hacer a las cinco de la mañana?

–Supongo que podría ir yo a tu casa a las siete.

–¡A las siete!

–¿Es muy tarde? ¿Qué te parece a las seis? –preguntó él, que seguía sentado al revés, volviendo la cabeza para mirarla, sin poder evitar humedecerse los labios.

–No deberías levantarte antes de las siete –le dijo ella, muy seria. Austin soltó la carcajada–. ¿De verdad te levantas tan temprano?

–Un granjero tiene mucho trabajo.

–No me extraña que tu madre se pasara el día trabajando en el jardín –respondió ella, mirando a su alrededor–. Estaba aburrida.

–La granja es un trabajo muy duro –afirmó él, apenas sin poder ocultar su deseo–. Pero las cosas se pueden organizar. Dime lo que quieres.

Ella miró a su alrededor, muy pensativa. Austin estaba atónito de que estuviera tan contenta. Aún podría recuperarse. Él tendría que arreglar lo que ella quisiera para que pudiera vivir allí y sentirse a gusto. Así lo haría. Le costara lo que le costara, Austin se aseguraría de que la manera de vivir de ellos fuera la manera que a ella le gustaba.

–Tú eres un hombre –dijo ella, por fin, sin dejar de mirar alrededor, con el gatito en las manos.

–Ya lo he notado. Y tú eres una mujer.

Ella lo miró, sin decir nada. Luego sonrió un poquito y dijo:

–Me llevaré al gatito a mi casa hasta que sea mayor. Luego te lo devolveré.

–Ya veremos.

–¿Es que no lo quieres?

–Te quiero a ti.

–Yo no cazo ratones.

–¡Maldita sea!

Austin era muy consciente de que estaban hablando con cierta intimidad. Aquella sensación le dejaba atónito y le sorprendía un poco.

–¿Qué me vas a hacer para comer?

–¿Qué tienes allí para comer? –preguntó ella, mirando hacia la casa–. Yo no he traído nada.

Con mucho cuidado, él levantó los pies y los puso en la parte delantera del columpio. Intentaba respirar con normalidad mientras se ponía de pie y se metía las manos en los bolsillos de los pantalones. Antes de responder, se puso a mirarla a ella y al cielo.

–Vamos a ver lo que hay... Así podrás llamar a tu madre y decirle que vamos a ir a comer fuera.

–No estoy vestida como para salir a comer.

–No vamos a comer aquí. Y tienes un aspecto estupendo, pero puedes ir a lavarte las manos.

Ella sonrió, levantando al gatito, que seguía dormido, y luego rió suavemente. Aquel sonido hizo que se le erizara el pelo y que le recorriera un escalofrío por la espalda. Él, de espaldas a ella, miró de nuevo al cielo.

–Eres capaz de arruinar a un hombre.
–¿Cómo dices?
–Que me estás volviendo loco –afirmó Austin, volviéndose hacia ella
–¿Por qué? ¿Qué te he hecho?
–Te deseo.

Ella lo miró y pareció considerar aquellas palabras. Austin creyó que lo había arruinado todo. Pero luego ella sonrió ligeramente y movió la cabeza.

–Creo que podría complacerte –le contestó. Él tembló, sintiendo que le faltaba el aire–. ¿Hay alguien en la casa?
–No.
–¿Te gustaría?

¿Que si le gustaría? Austin estuvo a punto de perder el control mientras la miraba cuidadosamente. Entonces él extendió la mano. Decidió que si ella la tomaba, sabría perfectamente lo que estaba haciendo. Ella sonrió y le tomó la mano.

Austin temblaba. Todo aquel tiempo había estado tan distante y en aquellos momentos no sólo estaba hablándole sino que estaba ansiosa por hacer el amor con él. ¿Sería aquello sólo sexo?

Bueno, si aquello era cierto, no iba a perder la oportunidad. Puede que jamás volviera a tener otra. Tenía que saber lo que aquellos tres hombres habían experimentado.

Era una estupidez estar celoso de ellos, pero era cierto... Todos ellos eran sus enemigos porque todos... la habían poseído. Pero ahora le tocaba a él. ¡Y él se quedaría con ella! La cuidaría... y se cuidaría a sí mismo.

–¿Cierras las puertas? –preguntó ella.

–Sí.

Así lo haría. La encerraría en la casa y no la dejaría salir al menos que él estuviera por allí. Si le daba una oportunidad, se podría escapar.

–Ámame –le dijo Austin.

–Lo compartiré contigo. ¿Has hecho esto antes? Como ya sabes, yo he tenido tres maridos. Todos ellos eran amables y complacientes. ¿Y tú?

–No sé.

–¿Nunca lo has...? –preguntó ella, que había interpretado mal la respuesta de él–. Bueno, pues ya va siendo hora. Todo es muy fácil y muy agradable. Yo te enseñaré.

–Sé buena –respondió él, mojándose de nuevo los labios, temblando de anticipación.

–Realmente estás muy nervioso –exclamó, muy sorprendida–. ¿Quieres que te bese solamente y que vayamos más despacio?

–No, estoy listo para... lo que quieras hacer conmigo.

–Eres muy amable. Estar tan sola ha sido muy difícil para mí.

–¿Me deseas? –preguntó él muy seriamente.

–Me pareces maravilloso –afirmó ella, con una sonrisa–. ¿Lo hacemos aquí en la hierba o prefieres que vayamos dentro?

—Necesito una ducha.

—Puedo desnudarte y ayudarte con eso –dijo Iris.

Él la contempló, pensando en las veces en las que habría hecho aquello mismo con sus tres hombres. Sentía que le embargaba unos amargos celos.

—Así que tú...

—Sí –bromeó ella–. Sé hacerlo todo, así que sólo tienes que tumbarte allí y resistir.

Entonces Austin se dio cuenta de que estaba saliendo del lugar en el que había estado encerrada tanto tiempo, a solas con su pena. Si él la reprochaba algo, volvería a meterse allí y nunca conseguiría volver a salir. Ni él, ni ningún otro hombre.

—¡Haz lo que quieras conmigo!

—Vamos debajo de ese árbol –sugirió, con un brillo en los ojos que era el reflejo de aquella deliciosa sonrisa–. Allí nadie podrá vernos.

—¿Cuándo te ha pasado eso? –preguntó él, con una mezcla de celos y de duda.

—¡Nunca! Pero he oído que a otras personas sí.

—Yo te cubriré y te esconderé de cualquier mirón.

—Es de día –dijo, mirando a su alrededor.

—Todos están trabajando.

—¿Los únicos que no trabajamos somos nosotros?

—¿Vas a besarme?

—Pensé que eras tú el que lo ibas a hacer. ¿Es que eres tímido?

—Ven aquí –replicó él, con voz ronca.

−¿Es que tienes problemas de respiración? −se burló ella.

−Sí... ¡Tú!

Ella se echó a reír, pero él la estrechó entre sus brazos y la besó con tanta pasión como nunca antes la habían besado. Ella se quedó asombrada, entre sus brazos.

−¿Cómo... has... aprendido a besar así?

−He practicado.

Entonces Iris cerró los ojos y tras una ligera risita y una sonrisa, rompió en carcajadas. Austin no podía creer el cambio que ella había dado en un día. Era un milagro. ¿Habría resucitado? ¿Le duraría aquello hasta que él la hubiera tomado, hasta que la hubiera amado? ¿Qué haría él si ella se daba la vuelta de repente y se marchaba? ¿Lo desearía tanto como él a ella?

Él se echó a temblar cuando pensó que podría echarse en brazos de otro hombre. Él se encargaría de que se quedara satisfecha, relajada y plena... por él.

Entonces la levantó en brazos, dándose cuenta de lo poco que pesaba, y la llevó debajo del árbol.

−Espera un minuto −le dijo, mientras le ponía los pies en el suelo.

Ella pensó que iba a ir a por un preservativo, pero él se quitó los zapatos, los calcetines, la camisa y los pantalones y los utilizó para hacerle una cama. Luego se quitó los calzoncillos largos y los puso encima. Iris pudo admirar la fascinante desnudez del cuerpo de Austin.

Iris le recorrió el cuerpo con la mirada de

arriba abajo, haciendo que él se sonrojara, con una mezcla de pudor y placer.

—Ahora te toca a ti quitarte la ropa, lo mismo que he hecho yo.

Ella le obedeció y entre risas, se quitó el vestido largo. No llevaba puesto nada más. Austin sintió que se le cortaba la respiración. No podía respirar. Sintió que se iba a ahogar, pero iba a morir feliz.

Se puso el preservativo, la tumbó en el suelo y se puso encima de ella.

—No quiero hacerte daño —le dijo él—. Pon...

Pero ella ya lo estaba haciendo. Bueno, una mujer que había tenido tres maridos tendría que saber cómo hacerlo.

Él gimió, entrecerrando los ojos, respirando con dificultad. Ella le enredó las manos entre el pelo y le acarició la espalda, gimiendo suavemente mientras movía el cuerpo de una manera que condujo a Austin más allá de los límites de la realidad.

Capítulo Cuatro

Debajo del gran árbol que había en el patio, todavía abrazada por Austin, Iris gemía y respiraba.

—No te muevas —le dijo a él, en un susurro.

Él se aseguró de que no había nadie en los alrededores. Intentó quedarse quieto, controlar la respiración, pero tembló al sentirla debajo de él. Mientras se movía para aligerar el peso sobre ella y permitirla respirar.

Iris sonrió, poniéndole las manos entre el pelo.

—Vamos...

Austin se quedó muy quieto y tembló por el deseo que sentía. Intentó hablar un par de veces, pero le fue imposible. Finalmente preguntó:

—¿Te encuentras bien?

Ella le enredó las piernas alrededor del cuerpo y respondió con un ligero sonido. Austin vio que tenía los ojos cerrados. ¿En quién estaría pensando?

¿Estaría ella utilizándole para recordar? ¿Estaría ella haciéndose creer que estaba en los brazos de uno de sus tres maridos?

—Austin... —dijo ella suavemente.

Se sintió aliviado al ver que sabía quien estaba con ella. Recordaba que era él. Ella se movió bajo el cuerpo ardiente de él y frotó su pecho contra el de Austin. Aquello le produjo una sensación extraña en los oídos, algo que le hizo sentirse temporalmente desorientado.

—¿Estás bien? —insistió él.

Aún con los ojos cerrados y el cuerpo moviéndose debajo del suyo, se rió con tanta crueldad que él se sintió muy sorprendido. Pero empezó a besarle el cuello.

—Aquí arriba —le dijo ella.

Él hizo lo que ella le pedía y la besó con tanta pasión como él sabía. Pero cuando ella lo besó, Austin sintió que el pelo se le ponía de punta. Y tembló.

—¿Tienes frío? —le preguntó Iris

—Al contrario. Estoy muy caliente.

Ella rió. Pero así era como se sentía él realmente. Muy pocas veces un hombre se involucraba tanto en darle placer a una mujer. Él quería que ella gozara con él. La piel femenina era tan agradable entre sus manos que Austin no tuvo más remedio que decírselo.

—Hay mucho más que simplemente el tacto, ¿ves? —replicó ella, moviendo la mano de él sobre ella. Ella siguió sonriendo, pero ya con los ojos cerrados—. Ahhh, Austin. ¡Esto es maravilloso! Se me había olvidado lo agradable que un hombre puede resultar para una mujer.

¿De qué hombre estaba ella hablando? ¿De cuál de sus maridos habría ocupado el lugar?

Muy lentamente, sus cuerpos fueron alcanzando la mágica espiral de la eternidad, donde se detuvieron con extremo placer, para dejarse luego caer de nuevo a la realidad. Allí se dieron cuenta de que el patio, que les había parecido un lugar mágico, sólo era eso, un patio.

—Vaya —dijo Iris.

Austin todavía temblaba. Nunca se había dado cuenta de que hacer el amor pudiera ser una experiencia tan... poderosa. ¿Sería aquello por su experiencia? ¿O era por los sentimientos que él sentía hacia ella? ¿Cómo podría conseguir que no la tocara ningún otro hombre?

—¿Te ha gustado? —le preguntó ella.

—Ha sido lo mejor...

—¿Te parece que el sexo es una buena aventura? —le dijo ella, riendo.

—Contigo sí —respondió él, a pesar de que no era eso lo que hubiera querido decir. La boca de él parecía tener vida propia.

—Estuviste maravilloso...

Austin se sintió asombrado. ¿Sería que sus tres maridos habían sido jóvenes e inexpertos? En vez de sentir celos, sintió pena por ellos. Ser tan jóvenes y tan ansiosos no implica saber mucho.

Austin se separó del cuerpo femenino y se tumbó en el suelo. Iris se acurrucó encima de él y le acarició el rostro.

—¿Te ha dolido la espalda? —le preguntó ella.

—Un poco.

Ella sonrió. Austin no abrió los ojos ni se volvió para mirarla.

—¿Cuántos hombres has tenido? —le preguntó.

—Eres el cuarto.

Aquello le sorprendió, porque sólo había mencionado a sus maridos y a él. Entonces abrió los ojos y se volvió para mirarla muy lentamente. Iris frotaba sensualmente la cara sobre el hombro de él.

–Te amo –dijo él, sorprendiéndose enseguida de haber dicho algo así–. ¿Te sientes como si me pertenecieras?

–Sólo hasta que me dejes.

¿Estaría pensando ella que iba a morir? Hasta cierto punto era comprensible. Había perdido tres maridos y ellos la habían abandonado. Probablemente pensara que todos los hombres iban a hacer lo mismo.

–Probablemente me quedaré por aquí durante mucho tiempo –le replicó él.

–Espero que sí.

–¿Qué es lo que estás pensando?

–Que me gustaría que te cuidaras mucho.

–Cariño, no sólo estoy sano. Soy un hombre de hierro.

–Bien.

–¿Te... gustan... los hombres de hierro?

Ella se encogió de hombros, así que Austin no pudo asimilar bien su respuesta.

–Me gustaría que no te marcharas.

–¿Por qué has empezado a hablar hoy, de repente? –le preguntó él con curiosidad.

–Creo que lo estoy superando. Y fue muy agradable ver que me estabas esperando. ¿Me he aprovechado de ti?

–Todavía no.

Iris sonrió de nuevo. Austin levantó la cabeza y le sonrió también.

—Me das miedo —añadió él.

—Bien —dijo ella, acariciándole la cara, para luego peinarle el pelo. Él inclinó la cabeza, y le dejó hacer, lo que ella hizo.

—¡Eh, Iris! Eso no. ¡Respeta mi intimidad! ¡Me dejas anonadado! —bromeó él.

Ella rió muy suavemente y le dijo:

—Prepárate.

Entonces se tumbó encima de él y le besó la boca, muy delicadamente.

Austin le puso la mano en la espalda y profundizó el beso. Los labios de él eran suaves, y le obligó a que separara los labios.

—¿Quién te ha enseñado a hacer eso? —preguntó ella, cuando él le permitió levantar la cabeza.

—He tenido que defender mi cuerpo y mi boca de mujeres maduras y astutas —respondió él, con un aire de inocencia.

—¡Vaya! Enséñame lo que te hicieron...

—No me importaría, pero tú... no... no tienes el equipamiento necesario.

—Oh.

—Pero... si me das la mano, te mostraré lo que me hacían.

—No tienes que mostrármelo, pero tengo curiosidad. Así que, cuéntame lo que te hacían.

—Te lo mostraré con tu mano, para que te hagas una idea —le dijo él muy serio.

Entonces le agarró la delicada mano y la movió

por encima de su cuerpo de maneras que ella nunca habría sospechado. Iris jadeó, pero no apartó la mano.

–¿Te dolía? –le preguntó ella. Él no contestó, pero siguió moviendo la mano–. ¿Te hacían eso? –preguntó ella asombrada.

–Hmm –respondió él.

¿Sería aquello una respuesta... o era acaso una exclamación de placer? Iris lo miró y vio que él estaba algo pálido.

–¿Estás bien? –le preguntó.

Austin se humedeció los labios. Ella lo miraba... Entonces él abrió un ojo y lo cerró rápidamente al ver que ella lo estaba mirando.

–Me parece que eres muy listo...

–Sí.

–Sorprendente. Haz eso otra vez.

Austin movió la mano de ella tal y como Iris le había pedido, pero tiró de ella, para ponerla justo encima de él y la besó de nuevo con pasión. Él le enseñó muchas cosas y ella le siguió en todas como buena estudiante.

Entonces, empezó a atardecer y los grillos empezaron a cantar. Iris se sentó de repente y miró a su alrededor.

–Mi madre estará preocupada por mí.

–Yo la llamé y le dije que iba a llevarte a la ciudad para cenar –respondió él. Había hecho la llamada en un de sus viajes a la casa.

–¡Eres un hombre malo! ¿Cómo pudiste hacer algo tan... astuto? –exclamó, intentando parecer enfadada, pero sin poder aguantar la risa.

–Supongo que te tendré que preparar unos bocadillos de mantequilla de cacahuete. ¿Tienes hambre?

–¿Cuándo decidiste que me iba a quedar?

–Fue una premonición. Empezaste a hablar. Quería que te quedaras para poder oír todo lo que tenías que decir.

–Los echo de menos –dijo ella, muy seria.

–Sí, pero el tiempo pasa. Ellos se han ido. Tienes que dejarlos marchar y tienes que considerarme a mí para reemplazar sus fantasmas.

–Eso tendré que pensarlo –replicó ella muy pensativa–. ¿Te importaría llevarme a casa ahora?

–¿Es que no tienes hambre?

–No mucha. ¿Quieres que me lleve el gatito a casa?

–Es tan pequeño que estar contigo le podría mantener vivo.

–Entonces, cuidaré de él.

–¿Está por aquí? –preguntó Austin, tocando la ropa.

–Está encima de mi vestido.

–No puedo explicarte lo mucho que ha significado este día para mí –le confesó Austin, mirándola a los ojos–. Gracias.

–El gusto ha sido mío.

–No te estás deshaciendo de mí, ¿verdad?

–Nunca lo he pasado tan bien –respondió Iris, riendo–. Eres un hombre maravilloso y se te da muy bien hacer que una mujer se sienta especial.

–¿De verdad soy tan diferente?

–Eres muy habilidoso. Necesito estar contigo

una vez más para aprender más sobre hacer el amor.

–¿Sólo otra vez?

–Ya veremos –prometió Iris con una sonrisa.

–No me descartes...

–Me pregunto si hay más hombres que tengan tus habilidades...

–¿Serías capaz de ir por ahí, probando hombres? –preguntó Austin, escandalizado.

–Te olvidas de que he tenido tres maridos. Me ha sorprendido mucho que hayas sido más hábil que ellos. No es que ellos lo hicieran mal, es que tú eres... más listo.

–Sí.

–Me pregunto si habrá otros hombres que te... superen, si tendrán trucos... que yo debería probar.

–¡Espera un momento! –exclamó Austin escandalizado.

–¿Cuántas mujeres has tenido tú? –le preguntó Iris con suavidad.

–Eso no tiene nada que ver contigo –respondió él, algo beligerante–. ¿Cuántos años tienes? ¿Y cuántos hombres has tenido tú?

–¿Cuántas mujeres has tenido tú? –insistió Iris, con una sonrisa–. Respóndeme y te contaré yo mis propias experiencias –añadió ella. Austin se quedó anonadado. Ella esperó y esperó–. ¿Todavía estás contando? Me estás dejando asombrada si es que todavía no has terminado.

–No te comprendo.

–Muy pocos hombres comprenden a las mujeres. Los que yo he conocido eran inocentes y considerados.

–¿Y yo no soy ni lo uno ni lo otro? –preguntó él con precaución.

–Ya me has dicho que eres muy experimentado.
–¡No es así!
–Se te ha escapado.
–¡Nunca te hubiera dicho algo semejante! –dijo él muy serio.

–Tú no querías hacerlo, pero se te escapó. No te preocupes. A mí no me importa. Supongo que no te habrás olvidado de que he tenido tres maridos.

Entonces Iris sonrió de nuevo. Estaba esperando la respuesta de él, pero Austin estaba en silencio. Algunas veces los hombres se comportan de esa manera. Se implican de tal forma que nunca saben cómo pararse y callar.

Pero Austin sí se paró y miró a la mujer que tenía delante, preguntándose cuál de esos tres maridos habría conseguido domar a aquella fierecilla. ¿Quién se habría pensado que ella sabía tantas cosas?

–Yo no he tenido tres esposas –dijo él por fin–. Nunca he tenido esposa. Cuando te vi, pensé que tú podrías aceptarme. Y así fue, durante un rato. Y ahora estás intentando pelearte conmigo. ¿Por qué?

–No me has entendido bien –respondió Iris con dulzura–. No hay ninguna hostilidad en mostrar curiosidad por las mujeres... con las que tú hayas gozado. Tú me has probado a mí. Sólo me preguntaba en qué lugar había quedado yo con respecto a tus otras mujeres.

–Ninguna de ellas ha tenido tres maridos.

–Así que... ellas no necesitaban... la experiencia de... estar contigo.

–Pero les gustó –le espetó él.

Ella asintió, pero entonces se levantó y se estiró, mirando a su alrededor.

–Es tarde. Tengo que irme a casa.

–Te llevaré en la furgoneta –le dijo Austin.

–No hay ninguna necesidad –le replicó ella–. Puedo ir andando.

–Es tarde y puede que salgan los lobos.

–No hay lobos por aquí. Sólo algunos perros...

–Los lobos a los que yo me refiero son hombres –le respondió él–. No puedo creer que finalmente hayas empezado a hablar. Me alegro de que te vayas recuperando.

–Gracias por esta tarde tan interesante –le dijo ella, con una sonrisa.

–Puedo enseñarte todo lo que quieras aprender... mejor.

–Te creo.

–¿Ahora? –preguntó él con rapidez.

–No. El sol está bajando y tengo que irme a casa. Gracias por este día tan maravilloso. No puedo expresarte lo agradable que es sentirse viva de nuevo. Sin ti, nunca lo hubiera conseguido.

–Sí, lo habrías hecho. Sólo estuviste desorientada un pequeño período de tiempo.

–Tú me hiciste volver a la realidad –le confesó ella con honestidad.

–La realidad no es tan desagradable como tú te piensas. Es interesante.

–Yo nunca dije que fuera desagradable –respondió ella–. Empecé a compartir cosas contigo y estoy muy agradecida de que fueras tan amable de compartir este momento conmigo. De verdad, te doy las gracias más sinceras. Estuve muy aturdida durante un tiempo y no podía volver a la realidad. Tú me obligaste a hacerlo.

–Te amo.

–No. Sólo estabas obsesionado con la idea de ayudarme. Y ya lo has hecho. Gracias.

–¿Cómo... te he ayudado?

–Ahora puedo oír y hablar y pensar. Antes, estaba ahogada en mi propia pena.

–Sí, ésa es una buena manera de explicarlo. Pero ahora te has ido al otro extremo. Ahora estás sacando conclusiones que no son ciertas –confesó. Iris rió, pero a él no le parecía divertido–. Sólo quiero que sepas que me alegro de que te hayas recuperado. De que puedas hablar y escuchar, de que entiendas lo que ocurre a tu alrededor. ¿Cuándo quieres ir a casa? ¿Estás preparada para que tu familia te interrogue?

–Creo que esperaré hasta mañana –respondió ella, después de considerarlo.

–¿Cansada?

–Sí. Eres un buen hombre –respondió ella con una sonrisa.

–Te amo.

–Lo dudo. Soy una mujer diferente. Probablemente te escandalizaría.

–Creo que puedo controlar mis emociones –replicó él, muy seriamente.

–¿Significaría eso que darías un salto o que te echarías a temblar?

–Entonces ya sabes el efecto que produces sobre mí.

–¿Sí? –exclamó Iris–. ¡Qué agradable es que me digas eso! No creo que ninguno de mis maridos me lo dijera.

–Eran jóvenes y ellos estaban más que aturdidos. Probablemente no podrían creer que tú les pertenecieras.

Ella se echó a reír. Él esperó y entonces añadió:

–¿Qué te hace pensar que ellos no jadeaban y temblaban por ti?

–¿Es eso lo que tú haces?

–Ya lo has visto.

–Pensé que estabas acalorado por el duro trabajo que hiciste –dijo ella, extendiendo una mano para señalar al patio–. Has hecho un magnífico trabajo.

–Quería hacer un buen trabajo... contigo.

–¡Y así fue! –exclamó Iris, sonrojándose un poco–. Fue tan... agradable.

–¿Agradable? –repitió él, desmoralizado.

–Bueno, ¿qué otra cosa puedo decir?

–Que quieres más.

–Más adelante –respondió Iris, con una sonrisa.

–¿Qué me estás haciendo? –exclamó él, tras respirar profundamente.

–Ni siquiera te he tocado para que te quejes ahora –replicó Iris sorprendida–. ¡Yo no te he hecho nada!

–Tócame.

–¡Estuviste maravilloso! –dijo ella, mientras se inclinaba para acariciarle la mejilla.

–Estás hablando en pasado.

–Y lo ha sido. ¿Cómo podría decir «Estás» con todo el tiempo que ha pasado? –le explicó ella, con una sonrisa.

–Todavía sigo teniendo las mismas cualidades.

–Eres un hombre muy difícil. No hay manera de que pueda suavizarte. Lo he intentado. Tú quieres cosas diferentes de las que yo quiero.

–¿Qué es lo que quieres que sea diferente?

–He sido como un zombie –replicó ella, mirando a la ya creciente oscuridad–. ¿Cómo puedo saber lo que quiero si prácticamente me acabo de despertar?

–Yo te desperté.

–Y te lo agradezco. Pero ahora tengo que irme a casa. Mi madre se va a preocupar.

–Ya sabe que estás conmigo –le dijo él, muy testarudo.

–Tengo que irme a casa.

–Quédate conmigo.

–He dicho que tengo que irme a casa –insistió ella, poniéndose en pie mientras desaparecían los últimos rayos de sol–. Gracias por hacerme volver.

–Lo único que he hecho es traerte, pero aquí.

–Nunca me había dado cuenta de lo que estaba pasando y de cómo estaba yo. Ahora necesito ir a casa y estar con mi familia.

–Iré contigo.

–Puedo hacer esto yo sola.

–No te das cuenta del tiempo que llevas sin hacer ningún ejercicio físico. Te agotarías antes de que llegaras a casa. Y entonces, ¿cómo te encontrarían?

–Entonces, ¿te importaría llevarme tú?

–Será un honor. Te habría llevado de todas maneras. Aunque hubiera tenido que llevarte arrastrando por el pelo.

–Eso si que hubiera estimulado a toda mi familia a movilizarse.

–Si tienes hambre, es mejor que comas ahora. Les dije a tus padres que ibamos a cenar fuera.

–Entonces, es mejor que tome esos bocadillos de mantequilla de cacahuete.

–Vamos dentro.

Se vistieron rápidamente, y luego Iris le siguió a la casa, rodeados por una profunda oscuridad. Cuando él encendió la luz, ella se dio cuenta de lo tarde que era.

–Es mejor que me lo lleve y me lo coma por el camino –dijo Iris.

Así que Austin le hizo medio bocadillo, porque dijo que no podría comerse uno entero. Se bebió un vaso grande de leche. Entonces el gatito, que estaba dentro del bolsillo del vestido, maulló. Iris lo sacó y lo puso encima de la mesa, dándole un poquito de leche. Austin los miraba, sin sentir celos ni importarle no ser el objeto de aquellas atenciones. Iris podía hacer lo que ella quisiera. ¡Él se conformaba con desearla!

–Podría llamar a tu familia y decirles que el coche no funciona pero que te vas a quedar con una prima –le sugirió Austin.

—A mi padre le daría un ataque.
—No lo creo –respondió él muy sorprendido.
—Creo que es mejor que me vaya a casa.
—Estás tan cambiada –le dijo–. ¿Qué haré yo si te marchas de aquí y nunca vuelvo a verte?
—No me voy a marchar. Sólo quiero irme a mi casa. Necesito estar con mi familia.
—¿Por qué no lo compartes conmigo? –preguntó él.
—Ya lo he hecho... te he dado todo el día.
—¿Qué tal puntuación he conseguido?
—Bastante alta. Eres tan amable –le dijo, con una dulce sonrisa–. Eres también un fantástico amante.
—¿Podemos hacerlo otra vez?
—No, necesito irme a casa.
—Has estado viviendo allí todo este tiempo y ni siquiera has visto a tu familia.
—No, estaba encerrada en una habitación llena de fantasmas. Era incapaz de ver nada.
—Pues viste al ternero en la cuadra.
—Sí –afirmó ella con una sonrisa–. Me acuerdo de eso.
—Y te sentaste y abrazaste al gatito –insistió Austin.
—Sí.
—Tienes que quedarte –reiteró una vez más Austin, con voz muy suave.
—Tengo que irme a casa –repitió ella, sin perder la sonrisa.
—¡Has estado con tu familia todos los días!
—He estado encerrada dentro de mí misma. Mí-

rame he perdido peso. Me pregunto si se habrán dado cuenta de eso.

–Todos lo hemos hecho. Ahora que hemos hecho el amor, ¡déjame estar contigo!

–¡Pero si todavía te noto dentro!

–¿Te he hecho daño?

–Eres maravilloso –respondió ella, sacudiendo la cabeza–. Me encantó que me hicieras el amor. Lo haremos de nuevo, muy pronto. Si tú quieres.

–Sí.

–Todos los hombres están siempre dispuestos.

–La mayoría –le espetó él.

–Ahora tengo que irme –insistió ella, tras encogerse de hombros.

–Odio que tengas que marcharte.

–¿Por qué? Estás muy ocupado. No me necesitas a tu lad...

–Sí –le interrumpió él.

–Quiero eso por escrito –dijo ella, riendo.

–Te escribiré una carta.

–No –le respondió ella, sin dejar de reír–. Eso es demasiado evidente. Prefiero que me llames por teléfono y me susurres cosas obscenas.

–¿Qué cosas obscenas te han susurrado otros hombres?

–Eran mis maridos.

–Entonces, no quiero oírlo –le dijo él, algo celoso.

–Ya te he dicho que eres más capaz y más hábil que ellos. Ellos no habían practicado demasiado.

–Yo leo libros –respondió él con rapidez. Ella rió–. ¿Por qué te ríes ahora? –añadió él, indignado.

–Tengo que irme a casa –insistió ella por enésima vez–. O me llevas o llamo a mi padre para que venga a buscarme. Decídete.

–Te llevo a casa.

–¡Qué amable! –exclamó ella, intentando disimular una sonrisa.

–¿Cuándo volveré a verte? Todos querrán estar contigo y oirte hablar.

–No, no, no –replicó ella–. Mis hermanas empezarán a hablar conmigo. Llevó mucho tiempo sin oir sus problemas, peleas, o ninguna de las cosas divertidas. Así que ellas...

–Todo el mundo estará hablando contigo –dijo él, mirando al techo con un aire de abandono y resignación–. Te volverás loca. Llámame en cualquier momento en que necesites volver a este remanso de silencio y vacío.

–He estado en un remanso muy parecido mucho tiempo –le aseguró ella con suavidad–. Quiero volver a vivir de nuevo.

Entonces, él la estrechó en silencio entre sus brazos.

Capítulo Cinco

Después de un momento que pareció una eternidad, Austin le confesó a Iris:

—Tengo miedo de perderte.

—Estar contigo fue lo que me ha hecho recuperarme —le dijo ella, mirándolo profundamente a los ojos—. Tengo que marcharme, porque mi madre estará preocupada. Ella tiene una fantástica imaginación para los desastres. De verdad, tengo que marcharme.

Iris se dirigió hacia la puerta, y por un momento, pareció tener la intención de querer seguir andando a casa. Pero Austin se sacó las llaves del coche del bolsillo y le dijo:

—Te llevaré en el coche.

—¿Es que habías pensado que iba a insistir en conducir yo? —le preguntó, tras volverse para mirarlo con una sonrisa en los labios.

—Siempre has sido muy decidida —suspiró él—. Recuerdo que en el colegio te gustaba controlar a los niños y decirles lo que tenían que hacer.

—¿De verdad?

Austin se acercó a ella y la miró, deseando que se quedara en la casa, detestando que tuviera que marcharse. Finalmente, los dos se dirigieron al coche, él le abrió la puerta. ¿Cuánto tiempo duraría aquello? Él sonrió un poco, sabiendo que él la cuidaría siempre. Ella era muy valiosa para él. Iris había estado muy enferma, pero ahora estaba saliendo de su prisión y volviendo a ser la de antes.

Cuando ella hubo entrado en el coche, cerró la puerta y la miró. ¿Podría él asumir que ella se quedaría a su lado, sin que tuviera que pedírselo ni seguirla para ver que estaba dónde se suponía debía estar, es decir, junto a él?

Las mujeres eran tan diferentes. ¿Por qué un hombre no podía decir simplemente «de acuerdo» y zanjar el asunto? Después de eso, la mujer le seguiría si él se movía. Ella se encargaría de las tareas de la casa y de cuidar a los niños. Los hombres tenían tantas otras cosas que hacer...

Al sentarse detrás del volante, la miró y vio el despertar de aquella mujer... Ella era suya. ¿Se habría dado ella cuenta de eso?

Austin condujo en silencio, porque no sabía lo que decir. Iris había salido de su aislamiento... por él. Él lo había conseguido.

Pero, ¿cómo? Cuando volvió a mirarla, vio que estaba con el gatito dormido en los brazos. Miró al animalito y luego a la carretera. Probablemente, si no hubiera sido por Iris, aquel gato habría terminado por ser la comida de algún otro animal...

Parecía haber pasado una eternidad desde que habían estado en la casa de ella. Su madre y sus hermanas salieron inmediatamente a la puerta... muy preocupadas.

Cuando Iris salió del coche y corrió hacia ellas,

riendo, se quedaron petrificadas. Al principio pensaron que estaba llorando. Pero enseguida echaron a correr hacia ella, y la madre llamó al padre.

Austin se apoyó en el capó del coche y suspiró. Iba a pasar un buen rato hasta que todas aquellas mujeres dejaran de hablar, y gritar... y llorar. Él no podía soportar las lágrimas. Nunca sabía lo que hacer cuando las mujeres lloraban. Él mismo estaba a punto de llorar.

Entonces Chas, el padre de Iris, salió de la casa y se dirigió a dónde estaba su esposa, que estaba rodeada por todas su hijas. Todos se vieron envueltos en una profunda emoción. Entonces, Chas miró a Austin y vio que también él tenía lágrimas en los ojos.

Todos estaban hablando... Entonces, Chas decidió que necesitaba una copa para poder digerir todo lo que había pasado. Así que entró en la casa, buscando una botella que le habían regalado por Navidad y preguntándose dónde la habría puesto Edwina.

Entonces, todos los demás entraron en la casa. Chas seguía buscando la botella, y como no pudo encontrarla, acabó por tomarse un vaso de agua. Por lo menos era un consuelo. Chas regresó al salón y contempló el estallido de emociones que continuaba allí. Buscó a Austin y lo vio, apoyado en la puerta, con un aspecto solemne y cansado. Y se dio cuenta de que Austin sólo estaba contemplando a Iris.

Entonces, Chas sintió de nuevo la alarma. ¿Estaría Iris herida? Pero enseguida sintió que la alegría le invadió por dentro... ¡Iris estaba... riendo! ¡Estaba hablando!

Y entonces, él se puso a llorar.

Era muy tarde cuando los Smith se dieron cuenta de que la noche había pasado y que el nuevo día estaba a punto de despuntar. Austin Farrell estaba despierto, pero estaba sentado en el sofá, sin decir ni una palabra.

Iris reía, y sonreía a toda la familia, que no se podían recobrar de la sorpresa de verla viva y alegre. Andy, que con dieciséis años era el más joven de la familia, reía con todas las cosas que estaban contando. Todavía no era lo suficientemente mayor como para aburrirse de lo que decían.

Las hermanas, Emily, Jennifer y Frances, estaban exultantes, diciendo lo mucho que habían deseado hablar con Iris, y reían y gritaban.

–No grites tan fuerte –le decía la madre a Iris–. Necesitas descansar, no te excedas Iris.

–¿Te das cuenta de cuánto tiempo hace desde la última vez que hablamos con ella? –protestaron las hermanas–. ¿Qué vamos a hacer si ella no quiere hablar mañana?

–¿Por qué no te vas a la cama? –le preguntó la madre a Iris, que tenía el rostro resplandeciente.

–¿Con quién? –preguntó Iris.

Aquello escandalizó tanto a la madre, que se quedó en silencio, pero pareció agradar mucho a las hermanas, que reían encantadas. Entonces, Iris miró a Austin y se dio cuenta de que todavía estaba allí, por lo que se acercó a él y le preguntó:

–¿Estás de visita o es que estás demasiado cansado para irte a casa?

–Sólo me preguntaba por qué no te habrías quedado como estabas –replicó él, con los ojos medio cerrados por el sueño.

Ella se echó a reír y se encogió de hombros. Las hermanas, al ver que se reía, se acercaron a ella para que les contara lo que era tan divertido. Iris se limitó a seguir riendo, sin decir una palabra.

–Sois demasiado jóvenes –les dijo Austin–. Callaos e iros a la cama.

–¿Irnos a la cama? ¿Con quién? –le preguntó una de las hermanas con descaro.

–¿Es que estás corrompiendo a tus hermanas? –le preguntó Austin a Iris, muy escandalizado.

–Ya eran así cuando regresé –respondió ella, encogiéndose de hombros–. ¿Quién las habrá corrompido a todas?

–¡Fue él! –exclamaron todas las hermanas al unísono, señalando a Austin con el dedo.

Austin se quedó tan asombrado que abrió la boca, pero no consiguió decir nada. Las chicas se echaron a reír. Entonces, Chas se acercó a Austin.

–No te preocupes –le dijo–. Ha sido su madre. Un hombre nunca puede estar seguro de lo que traman las mujeres. Yo sólo espero que Andy se vaya pronto a la Academia Militar para poder salvarlo.

Austin supo que todos aquellos comentarios eran broma, porque había conocido a la familia toda la vida, desde que había pensado que Iris volvería del colegio para casarse con él. ¿Cómo iba a haberse él imaginado que un patán de San Antonio le iba a quitar a su chica?

¡Y no había sido uno sólo, sino tres! Entonces, miró a Iris y pensó que él la había poseído aquel mismo día. Ella había actuado como si él fuera superior a todos sus maridos muertos. Y se dio cuenta que, en vez de estar asombrado, se sentía un poco orgulloso. Y así era.

Pero su preocupación era cómo podría mantenerla apartada de otros hombres.

Era casi el alba cuando Austin se marchó de casa de los Smith para irse a su rancho a ordeñar las vacas. Mientras miraba al sol naciente, él se preguntó si volvería a tener a Iris de nuevo. ¿Regresaría ella con él? ¿Le permitiría que le hiciera el amor de nuevo?

Ella le había dicho que era más habilidoso que sus maridos. ¿Sería aquello verdad? ¿Cómo era posible que un hombre fuera... diferente? Aquello le preocupaba mucho.

Finalmente fue a su habitación a cambiarse de ropa, y pensó que aquel día no haría nada en la granja a excepción de ordeñar a las vacas, que era lo único urgente, y sólo tendría que volver a hacerlo por la tarde. Entonces, fue a darse una ducha. La cama tenía las sábanas limpias y no quería marcharlas con el sudor. Y con el olor de la mujer que le había hecho sudar. Pero ella le había alabado. ¡Ella había alabado su habilidad sexual! Austin sonrió y se metió en la cama, quitó el sonido del teléfono y cayó en un profundo sueño.

En la casa de los Smith, todas las mujeres se distribuyeron para realizar las labores que tenían que hacer. Y Andy se fue al colegio. Sin hacer ningún comentario, Iris subió a su habitación, se quitó el vestido y se metió en la ducha. No fue hasta que estuvo limpia y seca que se metió en la cama, desnuda, y se durmió, con una ligera sonrisa en los labios. El gatito se acurrucó contra ella encima de la cama.

Cuando Iris se despertó, era mediodía. Se estiró en la cama y se dio cuenta de que se sentía viva. Le resultaba raro sentirse de aquella manera otra vez.

El gatito se había ido. Iris sonrió y se levantó, para ir a ducharse de nuevo. ¡Estaba viva! Aquello era un milagro. Canturreó una cancioncilla mientras se ponía unos pantalones y una camisa, con unas zapatillas deportivas y bajó a desayunar. Se encontró con su madre en la cocina.

–No te preocupes, yo me prepararé el desayuno –le dijo, mientras sacaba los cereales y la leche–. ¿Has dormido algo?

–Esto es un milagro.

–Lo es para mí –respondió Iris, con una sonrisa.

–Lo es para todos –dijo Edwina.

–¿Por qué ahora? –preguntó Iris–. ¿Por qué ha tenido que pasar ahora? Estaba lista para morir e ir a encontrarme con ellos.

Edwina se dio cuenta de que estaba hablando de sus tres maridos, muertos tan jóvenes.

–Tú todavía debes vivir –le dijo a su hija–. Tienes todavía algo que hacer aquí. Incluso puede que te cases y que tengas hijos.

–Ahora tus hijos están perfectamente –le respondió Iris, con los ojos brillantes.

¿Cuánto tiempo había pasado desde la última vez que los ojos de Iris habían brillado? ¿Y desde la última vez que había hablado tan relajadamente? ¿Qué le había ocurrido que le había cambiado? ¿Lo sabrían alguna vez?

Iris parecía tan... normal. Sin embargo, seguía estando muy delgada. ¿Estaría bien de salud? La madre de Iris tembló. ¿Qué pasaría si aquella recuperación no era más que momentánea y Dios se la llevaba para siempre? A pesar de que Iris comía con apetito, saboreando los alimentos, su madre se sentía muy preocupada.

El problema era que Edwina era una mujer muy realista... pero estaba dispuesta a aferrarse a cualquier cosa. ¿Qué otra cosa podría hacer? Tenía que creer que su hija iba a tener una nueva oportunidad y que ésta iba a ser duradera. Pero aquello era algo que nadie le podía contestar.

Ni siquiera los médicos conocían el por qué del estado anterior de Iris, y la habían observado varios especialistas.

Pero lo importante era que ya estaba mejor. Estaba alerta, interesada, viva... Pero, ¿por cuánto tiempo?

Edwina suplicaba a Dios constantemente para que la ayudara a recuperarse.

¿Y ella? ¿Cómo iba a ella a poder aliviarla si volvía a recaer? ¿Cómo iba a poder ayudar a su hija?

Iris reía y bromeaba con su hermano. Levantó el gato y lo hablaba en un tono de lo más normal.

–¿Cómo es que nunca me hablas a mí así, tal y como solías hacerlo?

–Debo de haber estado perdida –respondió ella, encogiéndose de hombros–. Nunca esperaba que me ocurriera ninguna tragedia. Y me dejó muy aturdida.

–¿Y cómo lo superaste? –le preguntó Andy, muy serio.

–He perdido tres maridos –dijo, después de considerarlo seriamente–. Supongo que no pude soportarlo.

–Pero, ¿cómo despertaste?

–No estoy segura. Puede que fuera el día que salí con Austin. Para mí, lo importante es que ocurrió.

–Pues te llevó mucho tiempo. Nunca creí que volvieras a ser tú misma.

–Lo raro de todo esto es que a mí no me importaba. Yo sólo... esperaba.

–¿Qué crees que te ayudó a despertar?

–No lo sé. Puede que fuera el día, ya que estuvimos al aire libre. El gatito estaba allí y necesitaba que lo ayudara. Tal vez fue el hecho de sentir que alguien me necesitaba...

–Nosotros también te necesitábamos –le dijo Andy, con una voz muy extraña por el cambio de voz. Iris sonrió y lo abrazó, intentando reprimir unas lágrimas de felicidad–. Me alegro de que hayas vuelto –añadió Andy.

–Sí –respondió ella con una sonrisa.

–¿Quieres venir a vernos jugar al fútbol? Somos muy malos.

–¿Dónde jugáis?

–En la casa de Charlie.

–Iré si puedo. Voy a ver si mamá necesita algo del supermercado.

–Mi entrenador no nos dejará jugar hasta que hayamos practicado un poco y él pueda saber si podemos o no podemos. Creo que es mejor que esperes un poco.

–Tengo que ver a Austin. Él estuvo toda la noche levantado mientras la familia me oía hablar. Tenía un montón de cosas que contaros.

–¿Algo en especial?

–Nada importante. No recuerdo nada de lo que dije, sólo que estaba hablando. No había hablado durante...

–Un montón de tiempo. ¡Pensábamos que lo habías olvidado!

–Todavía no.

–Pues sigue así. Yo voy a ser el mejor delantero de mi equipo de fútbol.

–¡Vaya!

Aquello era lo que el muchacho estaba buscando. Quería impresionar a su hermana. Eso era lo que necesitaba.

–Ya lo verás –dijo con una sonrisa de oreja a oreja, y salió corriendo de la cocina.

Sola en la cocina, Iris sonrió mientras veía a su hermano correr para reunirse con sus amigos. En la habitación contigua, su madre la oyó reír y se le saltaron las lágrimas. Oír la alegría de su hija mayor era un milagro. Pero, ¿cuánto tiempo duraría?

Después de arreglar la cocina, Iris salió y subió al coche de sus padres para dirigirse a casa de Austin Aparcó el coche a la sombra. Entró en la casa y lo llamó.

Entonces oyó un murmullo procedente de la habitación, así que allí fue dónde se dirigió.

–¿Qué demonios haces todavía en la cama? –le preguntó a Austin, poniéndose las manos en las caderas.

Austin suspiró y abrió los ojos un poco para mirarla.

–Porque alguna mujer sin consideración me retuvo en su casa toda la noche.

–Fui yo. Pero no recuerdo haberte obligado a llevarme ni haberte retenido. Podías haberte marchado en cualquier momento. Sólo he venido a agradecerte tu paciencia para devolverme a la realidad. Estar viva es... ¡maravilloso!

–Sí –dijo Austin tumbándose en la cama de nuevo y cerrando los ojos.

Ella se echó a reír y se marchó de la habitación. Austin oyó la puerta abrirse y cerrarse, y luego los ligeros pasos de ella en el porche. Entonces se levantó de la cama, tambaleándose un poco. Iris arrancó el coche y se marchó.

Aquello le enfadó mucho, pensando que ella se podría haber metido en la cama con él y haberle ayudado a conciliar el sueño. Se había limitado a entrar en su cuarto y darle las gracias por haberle ayudado a volver a la realidad. Pero él no había hecho nada de eso. Lo había hecho ella sola.

Austin fue al cuarto de baño, llenó un vaso de agua y volvió a la cama, pensando que era imposible entender a Iris. Entonces, dio un par de vueltas en la cama y se durmió.

Dado que Iris había dormido tan poco en los últimos días, al llegar a casa le dijo a su madre:

–Estoy agotada. He estado demasiado activa últimamente. Si no te molesta, me voy a la cama otra vez.

La madre asintió levemente, mirando la fragilidad de su hija. ¿Sobreviviría? ¿Se despertaría y volvería a ser la misma? ¿O se abandonaría de nuevo y jamás volvería a levantarse?

Edwina no sabía lo que esperar de su hija, ni sabía lo que podía pasar. Lo único que quería hacer era meterse en un armario y gritar. ¿Dónde estaba Dios? ¿Por qué no la reconfortaba? A ella le resultaba imposible asimilar tantos cambios.

En la casa, todo el mundo caminaba descalzo

mientras Iris estaba durmiendo y guardaba un silencio absoluto. Iris también estaba en silencio, sin moverse. De vez en cuando, una de sus hermanas iba a la habitación y escuchaba.

Pero Iris respiraba, aunque algunas veces no parecía real. En algunos casos, les parecía su imaginación. En ese momento, ella bostezó y se dio la vuelta. Aquello hizo que a todos ellos se les saltaran las lágrimas y sonrieran. Iris estaba todavía viva.

Pero, ¿volvería a levantarse de la cama? Sólo cabía esperar y ver. Todos se habían pasado tanto tiempo preocupándose por Iris que aquella nueva preocupación sólo era una continuación. Lo único que podían hacer era esperar.

Justo antes de la cena, Iris se despertó, se estiró y ¡salió de la cama! Se levantó con toda normalidad. Al oírla, sus hermanas entraron silenciosamente en la habitación.

Iris les sonrió y se puso un vestido que le quedaba como un saco sobre su escuálido cuerpo. Pero a ella parecía no importarle. Entonces se cepilló el pelo y se lo recogió, sujetándoselo con horquillas. E incluso se puso un poco de lápiz de labios.

Seguida de sus hermanas, Iris bajó las escaleras y ayudó a poner la mesa, e incluso recogió unas flores del jardín para hacer unos centros pequeños, que no bloquearan la visión de la familia.

Justo antes de la cena, Austin llegó a la casa, y se

puso otro cubierto para que pudiera sentarse al lado de Iris. Toda la familia lo aceptaba.

Austin les contó que aquel día no había trabajado porque Iris le había mantenido despierto toda la noche, hablando. Entonces, con una sonrisa, puso la mano encima de la de ella.

—Me había olvidado de que supiera hablar —dijo él.

—Todos lo habíamos olvidado —comentó Chas.

—Lo que pasaba —replicó Iris, con una sonrisa pícara en el rostro—, es que no tenía nada importante que decir.

Todos ellos rieron y se pusieron a hablar a la vez.

Después de la cena, Austin e Iris salieron al porche y se sentaron en unas sillas que eran muy cómodas.

—¿Te encuentras bien? —le preguntó Austin.

—¿Te acuerdas de que fui a verte para darte las gracias por haberme ayudado a despertar? —le dijo Iris con una sonrisa.

—¡Pensé que habías venido en busca de sexo!

—¡Shh! —exclamó ella, sonrojándose—. Fuiste muy amable conmigo, me cuidaste y no me pediste nada a cambio. Te encargaste de que fuera feliz. Aquella vaca y el ternero fueron algo muy especial.

—Tú sí que eres especial.

—No tengas prejuicios contra los animales —replicó ella, sonriendo.

–Después de que acabaste secundaria y te fuiste a San Antonio, tenías que haber vuelto conmigo. ¿Cómo te pudiste olvidar de eso?

–No recuerdo que me mencionaras que estabas interesado en mí.

–Lo estaba. Y pensé que tú querías...

–Tú estabas saliendo con... ¿Cómo se llamaba? Era la rubia del restaurante que había a las afueras de la ciudad.

–Milo's –le informó Austin.

–¡Eso es! Hace tanto tiempo que me había olvidado del nombre.

–Yo también –añadió él.

–¡Ves! Entonces estabas con otras mujeres.

–¡Y tú te casaste con tres hombres diferentes! –exclamó él con casi la misma irritación–. Y mientras cada uno de ellos moría agotado, ya tenías otro...

–¡Cómo te atreves!

–¿Estabas celosa? –preguntó él, tras observarla durante un instante–. Parecías tan hostil. Todas aquellas mujeres –añadió, con la voz suave–, eran sólo amigas. No significaban nada para mí. Sólo esperaba a que regresaras a casa. Y ya lo has hecho.

–No tenía otro lugar adonde ir. Era como un animal herido. Necesitaba un lugar en el que refugiarme.

–Entonces no volviste a buscarme.

–No sabía que tú siguieras todavía por aquí –le dijo ella, con sinceridad.

–¿No te habían dicho tus padres que estaba aquí? –preguntó él, muy sorprendido.

–No les pregunté –replicó ella–. Pensé que te habías ido.

–No me he casado ni tengo hijos.

–Yo ya no estoy casada ni tampoco tengo hijos –dijo ella, poniéndose, sin saber por qué, las manos en el vientre.

–Te amo, Iris.

–Ten paciencia.

–¿Qué quieres decir con eso?

–Que necesito tiempo.

–Intentaré recordarlo –replicó él con una sonrisa. Iris no dijo nada. Entonces él la miró. ¿Estaba ella volviendo a su estado anterior?–. ¿Te encuentras bien?

–Estoy cansada.

Aquella simple palabra lo aterrorizó. ¿Qué era lo que ella quería decir? ¿Iba a volver al pozo sin fondo en el que había caído?

–Estoy aquí contigo –dijo Austin, tomándola de la mano.

Ella se inclinó a través del brazo de la silla, apoyó la cabeza en el hombro de él y guardó silencio. Y aquello le asustó todavía más.

¿Por qué se habría quedado ella de nuevo en silencio?

Capítulo Seis

Casi todos los días, Iris iba a ver a Austin. Ella lo saludaba con animación mientras él trataba de analizarla y asegurarse de que estaba bien y de que no era otra vez un fantasma.

Todo lo que Austin quería hacer era abrazarla... Ella era tan delicada. Sólo quería ponerla en un cojín y protegerla. Cuando la acariciaba, los músculos se le tensaban tanto que no podía más que rozarla. Tenía miedo de hacerla daño.

Fue ella quien le tomó de la mano y se lo llevó al dormitorio. Fue ella la que se tumbó en la cama y le invitó a que se echara encima. Él se sentía petrificado, casi sin querer hacer el amor por temor a hacerle daño. ¿Cómo podía un hombre poseer a una mujer tan frágil?

Pero él la amaba. La esencia de ella le capturaba. Era tan delgada que tenía mucho cuidado al acariciarla cuando estaban haciendo el amor.

Ella le rodeaba con los brazos y piernas, tan escuálidos y le hacía el amor. Se reía y lo besaba y hacía aquellos sonidos que al él le resultaban tan estimulantes.

Pero Iris asustaba a Austin. Él tenía miedo, cada vez que lo hacían, que ella se muriera debajo de él. Y por mucho que él lo deseara, no hubiera podido acompañarla. Él era demasiado saludable y fuerte. Si ella moría, él tendría que pasar unos años interminables hasta que pudiera encontrarse con ella. Austin la miró y gruñó.

–¿Otra vez? –le preguntó ella, entre risas. Él sacudió la cabeza.

–Tú eres la razón de que mi tierra esté tan descuidada –le dijo–. Me paso el tiempo aquí, satisfaciéndote.

–¿Satisfaciéndome? –replicó Iris–. Pero si he tenido que venir aquí porque no podías andar –añadió ella, entre risas.

Él sacudió la cabeza, pero los ojos tenían una expresión divertida. Él tenía tanto cuidado con ella...

–Te amo –le dijo, mientras le abrazaba suavemente.

–Ya iba siendo hora de que lo mencionaras. ¿Cuándo vas a dejar de ser soltero y te vas a casar conmigo?

–¿Hablas en serio? –preguntó él, apoyándose en los codos para poder mirarle al rostro.

–¡Qué típico de un hombre! –exclamó ella–. Utilizar a una mujer sin querer comprometerse.

–Te di un anillo hace mucho tiempo, cuando tenías dieciocho años. Y no lo llevas puesto.

–Se me quedó pequeño –explicó ella–. Pero llevo el anillo aquí, en una cadena.

–No quiero que eches de menos a otros hombres mientras estás conmigo –le dijo él, muy triste.

–¿Cómo? –le preguntó Iris–. Significa eso que si gimo o grito, ¿crees que estoy pensando en otro hombre?

—Sí.

—¡Por amor de Dios! –le dijo ella, moviéndose debajo de él, muy inquieta–. ¡No tienes razones para estar celoso!

—Has admitido que estabas triste por ellos –le replicó él, apoyándose aún más en los codos para mirarla mejor.

—No tienes razón para estar celoso –respondió ella, acariciándole el pelo.

—Pues lo estoy.

—Entonces, ¿por qué estas tumbado encima de mí y me mantienes cautiva? –le preguntó ella.

—¿Es por eso por lo que los hombres siempre están encima?

—No, están encima porque así tienen ellos todo el control

—¡Vaya! Yo pensé que una hombre siempre ponía a la mujer debajo para dejarla descansar mientras él hacía todo el trabajo.

Ella se echó a reír, oyendo lo típicamente masculina que resultaba aquella respuesta. Austin todavía estaba dentro de ella, y le parecía que así era como siempre quería estar.

—¿Te gusta?

—Mmm –respondió ella, con los ojos casi cerrados mientras sonreía.

—¿Por qué?

—¿Cómo que por qué? –le preguntó ella, abriendo los ojos para mirarlo.

—Sí. A las mujeres, generalmente, no les gusta que un hombre haga este tipo de cosas con ellas.

—Tengo todas las tareas de la casa hechas –le

dijo, poniendo la boca al lado de la oreja de él para poder explicarle–. Ya he visto la película que ponen en la ciudad. En las reuniones, las mujeres dicen siempre las mismas cosas y cotillean sobre cosas de las que no tienen ni idea. Así que yo he encontrado una forma diferente de distraerme y de entretenerme.

–¿Así? –le preguntó él apretando el cuerpo más estrechamente contra el de ella.

–Ya veremos –replicó ella, simulando un bostezo.

Él encontró eso tan divertido que se relajó completamente encima de ella.

–Ummm –dijo él, entre risas.

–Olvídalo.

–Ahora, ¿por qué me rechazas?

–Llevó aquí atrapada durante algún tiempo y ya me duele todo el cuerpo –le explicó ella.

–De verdad pensé que no te importaba –se disculpó él, levantándose cuidadosamente–. Me gusta tanto hacer el amor contigo... Siento haberte...

–Me gusta.

–Pensé que habías dicho que...

–No, estaba bromeando. Me habría quejado antes y hubiera presentado resistencia si no hubiera querido estar así. Nunca habría venido a verte y hubiera estado mucho más seria. Creo que te amo.

–¿Cuándo has descubierto eso? –preguntó él.

–Cuando estuvimos juntos por primera vez. Nunca había disfrutado tanto del sexo. Eres un maestro.

–Bueno, nunca he sabido cómo lo hacen otros hombres –dijo él muy complacido. Ella se rió–. Entonces –añadió, queriendo que ella le halagara un poco más–, ¿crees que soy bastante bueno?

Resultaba evidente que él quería que ella lo admirara, que necesitaba que presumiera de él. Ella podía compararlo con otros tres hombres, a los que había conocido íntimamente. Pero, ¿cuántas mujeres había tenido él?

–¿Con cuántas mujeres has estado? –le preguntó ella.

–Contigo.

–¿Con ninguna más?

–No que yo me acuerde –respondió él, mirando a otro lado. Ella se echó a reír–. Me gustan las mujeres que son libres y se ríen continuamente.

–¿No te acuerdas de haber estado con otra mujer?

–No, que yo me acuerde –repitió él, levantando la cabeza para poder mirar por las ventanas.

Iris rió, con los ojos echándole chispas.

Él pensó de nuevo en los tres matrimonios de ella. De aquellos tres maridos, ella tenía que saber lo diferentes y especiales que algunos hombres podían ser. Iris sólo le necesitaba a él. Austin se encargaría de ello.

–Es hora de que salgas de mi cuerpo por completo –le dijo ella.

–Necesito una siesta. Me dejas agotado.

–Entonces, sal de mí y échate tu siesta –le dijo ella, entre risas.

–¿Para que te vayas por ahí y lo hagas con todo el mundo?

—No... inmediatamente —le prometió Iris.

Mientras se reía, Austin deslizó un poco el cuerpo, poniéndose las manos en el pecho y respirando dramáticamente. A ella le encantó. Y ella le encantaba a él.

—Muévete, levántate. Necesito aire —le dijo ella.

—Vaya, vaya. Qué raras sois las mujeres.

—¿Cómo sabes tanto sobre las mujeres?

Él se levantó por completo y se echó a su lado, empezando a acariciarle el vientre con una mano, mientras le pasaba el otro brazo por detrás de los hombros.

—No estoy tan seguro en lo que respecta a las mujeres. Me sorprenden y me aturden. Pero hay falta de hombres. Y las mujeres... ¡No te rías! Me has preguntado la razón y te estoy dando mi opinión.

—¡Ja!

—Si te burlas de mí, no podré controlar las manos y te haré retorcerte y gritar... —le dijo él, haciéndole cosquillas.

—¡Seguro! —exclamó ella, creyendo que controlaba la situación. Él sonrió pícaramente. Iris entonces levantó las manos y una rodilla para protegerse—. ¡No! ¡No! ¡Otra vez no!

—Algunas mujeres necesitan que se les enseñe como comportarse —le dijo Austin divertido—. Y me doy cuenta de que... tú... ¡estáte quieta!... necesitas algo de experiencia. ¡Estáte quieta e intentaré darte algunos consejos!

—¿Sí? —le preguntó ella, desafiante y muy divertida—. ¿Y qué habías pensado? —añadió ella, muy sensualmente–. ¡No tenía ni idea que te iba a desear otra vez tan pronto!

–Un momento...

–¡Ahora!

–¡Vaya gritos! ¿Qué demonios te pasa?

–¡Tú! –dijo ella. Entonces pegó un salto y le rodeó la cabeza con los brazos para poder mordisquearle una de las orejas.

–Ten cuidado. Sólo tengo dos.

–¿Quieres que me deslice debajo de ti como un gusano y me siente encima?

–No.

–Pues entonces, tendrás que ser un caballero y darme espacio. Me están dando calambres, ya no me puedo mover.

–¿Y qué era lo que habías pensado hacer?

–Irme a casa –le replicó ella–. Se está haciendo tarde y...

–Cierra el pico. No quiero oír eso –le dijo Austin.

–Claro, pero supongo que no querrás que venga mi padre a buscarme.

–Yo no me llamo Claro –bromeó él.

–Claro no es un nombre. Es el principio de una frase que implica que no estás prestándome atención –respondió ella, soltando una carcajada.

–¿Por qué te ríes?

–¡No tengo ni idea! Probablemente porque tengo hambre y necesito irme a casa.

–Yo tengo comida aquí.

–Me parece que me toca poner la mesa de mi casa.

–Podías ponerme a mí la mesa –le insinuó él, levantándose cuidadosamente para dejarse caer en la cama, al lado de ella, con las manos todavía acariciándole donde él la deseaba.

–Tengo que irme a casa –le dijo ella con una sonrisa.

–Lo sé –le dijo él, mostrando una profunda desilusión–. Dame un beso, para que me pueda acordar de ti.

Así que ella lo besó una vez más... y él la besó unas cinco veces más. Ella se revolvió, se rió y protestó, y entonces él la permitió que se levantara.

Ella se vistió, y luego se despidió de Austin con un beso y se fue casa, mientras él la contemplaba. Él se sentía tan inseguro sobre ella...

En casa, su madre le preguntó muy alarmada:
–¿Qué te ha pasado en la cara?
–Habrá sido que me ha quemado el sol –le respondió Iris, acariciándose el rostro.

Edwina miró al cielo encapotado y se puso a pensar. Pero no hizo ningún comentario. Parecía que toda la familia estaba concentrada en saber qué era lo que le había pasado a Iris en la cara. Nadie se tragó el cuento de lo del sol. Todos sabían que las marcas eran de una barba. Y Iris sabía que la familia lo sabía.

Sin embargo, le gustaba el contacto de la barba de Austin en el cuello, y también en otras partes, pero Austin todavía no lo sabía... o por lo menos, todavía no lo había probado con ella.

¿Lo haría alguna vez? Era un poco tímido. ¿Esperaría hasta que ella se lo sugiriera? El tiempo lo diría.

En la casa, Iris hizo todas las cosas que hacía normalmente. Pero se dio cuenta de que su madre y sus hermanas la protegían mucho. Le decían constantemente que se sentara y descansara y le reñían cuando hacía ciertas cosas que representaban un mayor esfuerzo y una de ellas venía inmediatamente a quitarle lo que fuera de las manos.

Iris se dio cuenta de que lo único que podía hacer era obedecer y seguir haciendo lo que fuera cuando no la veía nadie. Por la noche, dormía profundamente. Estaba tan cansada que se quedaba dormida en cuanto su cabeza tocaba la almohada. Cada noche, sentía que su cuerpo estaba cada vez más fuerte.

Iris se preguntó cómo trataría Austin a una mujer cuya salud fuera perfecta. Y sería muy interesante ver incluso cómo reaccionaría su propio cuerpo.

–Ya no se te notan los huesos –dijo Austin, no mucho tiempo después.

Iris encontró que aquel comentario era un poco raro para que un hombre se lo dijera a su amante. Así que ella le hizo apartarse para poder levantarse e ir a mirarse al espejo.

Austin se dio la vuelta en la cama, se puso los brazos detrás de la cabeza y la observó.

–¿Dónde vas? –le preguntó.

–Has dicho que ya no se me notan los huesos.

–Porque has engordado –le explicó.

–No se me notaban tanto los huesos como dices –replicó Iris, volviéndose para mirarlo.

–Bueno, eso es lo que tú crees –le respondió él con honestidad.

–De acuerdo, pero ya no me los noto –añadió ella, mirándose de nuevo en el espejo.

–Bueno, no creo que nadie pudiera notártelos antes tampoco, pero estabas demasiado delgada –le corrigió él–. ¡Ven a la cama!

–Tengo que irme a casa. Mi familia se preocupará porque pueden pensar que he tenido un accidente. Ellos piensan que... estoy un poco delicada.

–Odio que te vayas y me dejes aquí, solo...

–Regresaré pronto –le dijo ella con una sonrisa–. O podrías venir tú a mi casa. A mi familia le encanta que vayas de visita.

–¿Me puedo ir a la cama contigo allí? –le preguntó. Ella se echó a reír y negó con la cabeza–. Entonces, me quedaré aquí.

Ella se puso la ropa y se arregló el pelo. Él la contemplaba y le dijo:

–Estaré muy solo aquí...

–Vendré mañana a ver al ternero –le dijo Iris, mientras terminaba de arreglarse.

–Y a mí.

–¡Ah sí! Se me olvidaba que habría alguien más aquí a parte del...

Ella no pudo terminar la frase, porque Austin se abalanzó sobre ella, y la estrechó fuertemente entre sus brazos.

–Socorro, socorro... –dijo ella, riendo.

Entonces, se oyó que la puerta de atrás se abría, pero no se cerraba.

–Calla –susurró Austin. Él estaba tan alerta que Iris hizo exactamente lo que él le había pedido.–. Sube por esa puerta al desván y no hagas ruido. No te pongas los zapatos.

Iris agarró los zapatos en la mano y desapareció sin hacer ruido. Austin se levantó de la cama e hizo como si hubiera estado durmiendo él solo. Luego se puso los pantalones y descalzo, se dirigió al armario, de donde sacó una pistola. A continuación, comprobó que tenía balas y se dirigió a la escalera para bajar a ver de dónde provenía el sonido.

Sorprendió a los intrusos en la cocina, buscando comida.

–¿Qué estáis haciendo aquí? –les preguntó.

Los dos hombres parecieron un poco sorprendidos. Pero entonces, un tercero encañonó a Austin con una pistola en el costado, para quitarle la suya de las manos.

–¿Son ésas formas de entrar en una casa? –le preguntó Austin al tercero.

–Tenemos hambre y hemos olvidado los buenos modales –le dijo uno de los hombres, con una sonrisa en los labios.

–¿Cómo es que estás en la casa a estas horas? –le preguntó otro.

–Estoy cansado –replicó Austin.

–¿De trabajar? –le preguntó uno de ellos. Austin no respondió.

–Tenemos hambre –dijo uno de ellos.

–¿Os persigue alguien? –preguntó Austin.

–No, pensamos que en un día como éste, sería una estupidez llamar a la puerta. Y que tú no estarías en la casa.

–Siempre cabía esa posibilidad.

–¿Por qué estás aquí?

–¿Y por qué habéis entrado todos en mi casa sin avisar?

–Nunca nos imaginamos que habría nadie dentro en un día como hoy.

–Yo puedo oler a una mujer –dijo otro.

–Ha estado aquí la señora de la limpieza.

–¿Y dónde está ahora? Llevamos mucho tiempo sin ver a una mujer.

–Ya te he dicho que ha estado aquí –repitió Austin.

Sin embargo, las palabras que había pronunciado aquel hombre indicaba que probablemente se habían escapado de la cárcel y que no sólo estaban buscando armas y comida, sino también mujeres. «Por Dios, que no encuentren a Iris. Dios mío, ayúdame a proteger a Iris», pensó Austin.

–¿Necesitáis comida? –les preguntó Austin.

–Entonces, ¿vas a ayudarnos? –le preguntó uno de ellos.

–Tengo comida –replicó Austin–. Sé lo que significa tener hambre –añadió, dirigiéndose al frigorífico para sacar unos filetes y patatas y otras verduras–. Lavaos las manos.

–Pareces una mujer –se burló uno de ellos.

–Cualquier hombre sabe que hay que lavarse las manos –les dijo Austin.

Él no les preguntó nada, sólo quería que se marcharan. Mientras tanto, mantenía el oído alerta, por si escuchaba algún ruido que viniera del desván. ¿Estaría ella a salvo allí? Aparentemente, uno de los hombres había registrado la casa y no la había visto. Austin rezó para que no se asomara por una ventana intentando pedir ayuda... para salvarle a él.

Austin preparó una ensalada y mientras los hombres se sentaban en silencio. Obviamente, la huída había resultado difícil porque se veía que estaban cansados.

Para alertar a Iris de que los intrusos todavía estaban allí, Austin siguió hablando en voz muy alta. Así ella sabría que los hombres seguían allí y sería lo suficientemente lista como para no moverse. Seguramente los hombres estarían encantados de verla...

¿Qué ocurriría si decidían dormir allí? Por eso, Austin decidió darles consejo para escapar de la zona.

–No me digáis a dónde queréis ir, para que no pueda decirles nada a los policías que os persiguen. Deberíais marcharos de aquí tan pronto como sea posible. Podéis atarme y probablemente nadie me encontrará hasta mañana al mediodía.

–Es sincero, sabe lo que hay que hacer –dijo uno de ellos.

–Tenéis que seguir por los senderos, por donde no haya muchas carreteras. Utilizad una brújula. Les costará mucho trabajo encontraros.

–Hay una pequeña ciudad cerca de aquí –sugirió otro.

–Si sois listos, os mantendréis alejados de ella –le dijo Austin.

–¿Cómo sabes todo esto? –le preguntó uno de ellos.

–Yo... ya he tenido este tipo de visitas antes.

–¿Y escapó alguno de ellos?

–Os sorprenderíais.

–¿Y qué es lo que nos sorprendería tanto?

–Cómo escaparon –dijo Austin, apartando la mirada.

–¿Hay mujeres por aquí? –preguntó otro.

–Aquí no. Yo soy soltero. No tenemos ninguna mujer en el rancho porque entonces los hombres se pelearían –explicó Austin. Los hombres se echaron a reír.

–¿Y dónde guardas las botellas?

–Tengo muy poco alcohol –replicó Austin–. Sólo lo suficiente para utilizarlo en caso de que a alguien le muerda una serpiente.

–¿Cuánto te queda?

–Yo diría –respondió Austin, haciendo como si estuviera pensándolo–, que lo suficiente como para que cada uno os tomarais un trago, excluyéndome a mí.

Los hombres recibieron aquellas noticias con regocijo y se rieron de Austin por no querer emborracharse con ellos.

–Tampoco hay suficiente para que os emborrachéis vosotros, y creo que podéis dar gracias. Así, os podréis marchar en la dirección que queráis y salvaros.

–¿Cómo vamos a dejarte con vida si nos marchamos solos? –preguntó uno.

–Podéis atarme –sugirió Austin–, y arrancar el

teléfono y estropearme el coche y la furgoneta para que no pueda ir a pedir ayuda ni llamar por teléfono.

–He oído eso en el lugar de dónde venimos.

Aquellas palabras convencieron a Austin de que se habían fugado de una cárcel, pero no les preguntó de cuál. Cuando la comida estuvo preparada y los platos se pusieron en la mesa, los hombres se pusieron a comer con voracidad, porque estaban hambrientos. Simplemente se inclinaron sobre los platos sin hablar. A pesar del estado de nervios en el que Austin se encontraba, se puso a comer también.

Para mantener alerta a Iris, o a cualquiera de los hombres del rancho, Austin hablaba de vez en cuando, preguntándoles si querían más pan o más comida y si les estaba resultando suficiente. Pero Austin no dejaba de pensar si Iris estaría bien y dónde estaría. Ojalá se estuviera quieta y que se hubiera escondido bien. Y ojalá Dios les echara una mano.

Capítulo Siete

La casa de Austin era muy grande y contenía objetos de mucho valor, pero a los intrusos no les interesaba la casa. No les interesaba nada que no fueran el dinero, la comida y las mujeres.

Como creían que no había mujeres en la casa, la ropa era lo siguiente en el orden de prioridades, ya que estaban sucios y sudorosos y necesitaban cambiarse de ropa. A empujones, obligaron a Austin a que les llevara a la parte de arriba de la casa. Mentalmente, Austin seguía suplicando a Dios que Iris se hubiera escondido bien. Estaba sudando copiosamente, pero se mantenía en calma. Así siempre tendría ventaja sobre los hombres. Uno de ellos le preguntó muy tranquilamente:

–¿Por qué mueves las manos de esa manera?

–Ayudé a nacer a un ternero ayer, y todavía me duelen las manos por el esfuerzo –respondió Austin, concentrándose para recordar todas las mentiras que estaba diciendo.

Los hombres se rieron relajadamente. No tenían ni idea de que hubiera una bella mujer escondida en el desván. Pero Austin sabía que si la encontraban, no habría manera de conseguir que se marcharan del rancho, por lo menos dos de ellos. Aunque nunca se podía estar seguro, quizá optaran por marcharse.

¿Por qué habrían estado en prisión? No podían ser muy buena gente si habían estado allí. Podrían matarle a él e incluso a ella. Pero él nunca permitiría eso. Antes... Se echó a temblar. Protegería a Iris fuera cual fuera el precio que tuviera que pagar.

Con aquellos pensamientos, era muy difícil para Austin poder concentrarse y guiar a los hombres. Intentaba hablar con ellos de manera que Iris supiera siempre lo que estaba pasando. Si podía escucharlos, sabría lo que iban a hacer.

Al llegar a lo alto de las escaleras, abrió la puerta de su habitación.

—Ya estamos —anunció, con la respiración entrecortada.

—¿Te cuesta subir escaleras? —le preguntó uno de ellos.

—Las odio —respondió Austin.

—¿Por qué no te buscas una habitación abajo y duermes allí? Tienes suficiente espacio —le sugirió otro.

—No lo había pensado —replicó Austin.

—¿Es que tu madre te tiene tan controlado? —se burló el que quedaba.

—Ella manda —le espetó Austin inmediatamente. En realidad, a su madre no le podía haber importado menos.

Sin embargo, los hombres tomaron las palabras de Austin en serio y soltaron una carcajada. Pero Austin permaneció en silencio. Con todas aquellas risotadas, Iris sabría que los hombres estaban todavía allí. Austin volvió a pedirle a Dios que protegiera a Iris. Entonces abrió las puertas del armario y dijo:

–Llevaos lo que queráis.

Los hombres se quedaron estupefactos. No habían tenido tanta variedad de ropa para elegir durante toda su vida. Lo que se llevaran le resultaría muy interesante a Austin, pero, a pesar de aquel pensamiento tan astuto, no podía pensar que le iban a dejar marchar. Sin dejar de vigilarlo, los hombres empezaron a probarse cosas, por lo que Austin tuvo que sentarse y esperar. No querían que su víctima se les escabullera.

Austin no dejaba de pensar en dónde se habría podido esconder Iris. Sin embargo, lo único que importaba era que ella permaneciera escondida.

Uno de los hombres agarró los palos de golf de Austin.

–Ten cuidado con lo que eliges –le dijo Austin–. Si os paran en el coche, supongo que no querrás tener nada raro que les haga sospechar.

–Tiene razón –le recomendó uno de sus compañeros–. Haz lo que te dice.

Entonces, los hombres empezaron a armar un buen jaleo, decidiendo lo que se iban a llevar. Hubo momentos en los que la discusión resultó muy acalorada. Austin les escuchaba con sumo interés. Alguien podría escucharlos y con el jaleo que se montaría, Iris podría escapar. O a lo mejor, ella prefería permanecer en el desván sin moverse, lo que parecía más sensato.

–¿Dónde os vais a poner a jugar al golf? –les

preguntó Austin para meterles prisa–. Además, ¿cómo vais a explicar el llevar una única bolsa de palos de golf si sois tres?

–Nos vamos a separar y, además, nos llevaremos tu furgoneta.

–Si lo que queréis es escapar –comentó Austin muy seriamente, meneando la cabeza–, no hagáis nada que llame la atención de los patrulleros, porque probablemente os detendrían en la carretera.

–Tiene razón –afirmó uno de los hombres, después de un momento de silencio–. Seamos lógicos.

Aquel último era el único que parecía los suficientemente listo para sobrevivir. ¿Por qué se habría metido en aquel embrollo? ¿Qué habría hecho? ¿Por qué se arriesgaría a conseguir la libertad, seguramente por muy poco tiempo, en compañía de aquellos criminales?

Austin se mantuvo en silencio. Ya había dicho lo que tenía que decir. No había nada que él pudiera añadir al comentario del hombre que le había apoyado.

Después de un momento, y entre gruñidos y protestas, los hombres devolvieron las cosas que eran demasiado grandes. Incluso el que había tomado los palos del golf los devolvió donde estaban.

–Ya volveré a por ellos –le dijo a Austin con una sonrisa–. Déjamelos bien a la vista para que no te tenga que revolver la casa para encontrarlos.

Austin lo miró fijamente, sin decir nada o hacer ningún gesto. Y el hombre pensó que tenía miedo. Sin embargo, Austin les dijo:

–No soy policía. Lo único que quiero es que os vayáis de aquí. No quiero que les pase nada a la gente de por aquí. Marcháos.

–Danos dinero. Necesitamos dinero para gasolina.

–Tengo algo de dinero en efectivo en la casa. Os puedo dar suficiente para que comáis dos días. Un cheque resultaría muy sospechoso. En el banco os dirían que volvierais al día siguiente y para entonces ya se habrían puesto en contacto con la policía –explicó Austin. Aquellas palabras irritaron mucho a los hombres. Austin se encogió de hombros–. Deberíais haberme dicho que veníais. Así hubiera estado preparado.

Mientras aquel comentario irritó sobremanera a dos de ellos, el tercero se echó a reír. Austin pensó que aquel hombre no era tan culpable como el resto y que tendrían que tener indulgencia con él cuando volviera a la prisión. Probablemente no era tan malo como los otros.

–¿Por qué nos estás ayudando tanto? –le preguntó aquel mismo hombre.

–No quiero que ninguno de mis hombres resulte herido –replicó Austin rápidamente.

–¿Haces todo esto por... otras personas?

–Son buenos trabajadores.

Aquel hombre miró a Austin con admiración mientras los otros estaban dispuestos a rajarle o a cortarle en pedazos. Austin se dio cuenta de que estaba perdiendo posibilidades. Volvió a pensar en Iris. ¿Dónde se habría escondido? Tenía la frente, y la espalda, empapadas de sudor. No lo habría estado pasando tan mal si supiera si Iris había salido de la casa.

¿Habría entretenido a aquellos hombres lo suficiente? ¿Habría podido escaparse mientras estaban comiendo o cuando les había llevado a la habitación? ¿Cómo podría saber si ella había escapado? ¿Cómo podría ir a buscarla?

Lo único que podía hacer por aquel entonces era sudar. Aquello no era demasiado malo, pero la respiración le estaba empezando a delatar. Bajo la tranquila apariencia, estaba muy nervioso. Necesitaba tranquilizarse si quería estar listo para pelear con aquellos hombres. Tenía que encontrar las palabras que lo ayudaran.

–No has dado ropa y comida, ¿por qué? –le preguntó el que parecía mejor de los tres.

–De esa manera, puedo conseguir que os vayáis de aquí antes de que venga el sheriff y se organice un infierno. ¿Cómo te has liado con estos dos?

–Tengo una mujer que me espera. Si no voy, podría perder el interés.

–Entiendo.

–Sí.

–¿Por qué no simulas que te has roto una pierna y te quedas aquí hasta que puedas volver a la cárcel y puedas cumplir tu condena? –le sugirió Austin en voz muy baja.

–No me tientes.

–Es algo lógico, no es simplemente una tentación.

–Gracias –respondió el hombre con una sonrisa–. Pero ya está todo decidido. Si no voy con ellos, me matarán... y probablemente a ti también.

Por fin, cuando se hubieron cambiado de ropa y estaban listos para marchar, Austin vio que uno de los hombres se había llenado los bolsillos de cucharas, cuchillos y tenedores de plata.

–Eso es una tontería –le dijo Austin, muy seriamente–. ¿A quién crees que vas a engañar con eso? Mira la inscripción que tienen todos ellos. Tienen las iniciales de mi familia. Farrell.

–Maldita sea.

Los otros le recriminaron su actitud. Uno de ellos dijo:

–Que vaya montado en la parte trasera de la furgoneta.

–Buena idea

Estaban todos tan limpios y arreglados y se sentían tan libres que resultaban un poco arrogantes, pensando que efectivamente iban a conseguir escapar.

Sin embargo, Austin no podía dejar de pensar en Iris.

Austin se sentó tranquilamente en la silla para que lo ataran. El bueno le soltó un poco los nudos para que le circulara bien la sangre.

–Alguien vendrá a buscarte –le dijo.

Austin estuvo a punto de sonreír y asintió con la cabeza. Al mismo tiempo, trató de comunicarle al hombre que era una locura que se escapara con los otros.

Entonces, uno de los hombres golpeó a Austin en el rostro con mucha fuerza. El golpe fue tan fuerte que Austin empezó a sangrar por la nariz. El hombre bueno se puso furioso.

–¿Por qué diablos has hecho eso? –le gritó–. Está atado y, además, no estaba intentando hacer nada.

–¿Y qué? –le desafió el que había pegado a Austin.

–Eres un indeseable

–¿Cómo has dicho? –le preguntó el primero, en un tono todavía más desafiante.

–Déjalo –le dijo Austin a su defensor.

El hombre se mantuvo quieto, ante la mirada furiosa del que había pegado a Austin. Entonces, éste sintió que había ganado la pelea y se empezó a mover por la habitación como si estuviera por encima de todos ellos. Luego registró un poco más las cosas de Austin, dejando todo manga por hombro, pero no encontró nada más que le gustara. Entonces se marchó.

–Alguien vendrá a buscarte –le dijo el hombre bueno antes de marcharse–. Lo siento.

Austin asintió lentamente. No podía creer que un hombre como aquél se hubiera mezclado con aquellos delincuentes, que casi no parecían humanos.

Tan pronto como oyó que los hombres se marchaban, Iris entró en la habitación... muy silenciosamente. Ella sonrió, pero luego lanzó un pequeño grito ahogado y le susurró:

–¡Te han herido!

–No te preocupes –le respondió él, tratando de controlar la respiración. No estaba seguro de que ella estuviera bien, por lo que la examinó para asegurarse–. ¿Cómo has bajado tan pronto las escaleras?

–Estuviste genial cuando me dijiste que me subiera al desván –le dijo ella, mientras le soltaba las cuerdas–. ¡Tenías tanta razón! Gracias.

–¿Cómo has salido? ¿Cómo has bajado del desván sin que nadie te viera ni te oyera?

–Salí por la ventana y bajé por el tejado. Uno de los hombres me hizo esperar allí hasta que los ladrones se convencieron de que no había nadie más en la casa.

–¿Quién más había?

–Todos –respondió ella, todavía intentando aflojarle los nudos–. Los vieron llegar, pero sabían que tú estabas en peligro. No me permitieron hacer nada. ¡Ni que fuera muy delicada!

Austin la miró sorprendido. ¿Es que no se daba cuenta de que así era? Él la ayudó a deshacerse de las cuerdas y la miró muy ansiosamente.

–Siéntate –le dijo.

–¡He dejado el motor del coche encendido para que podamos ir a perseguirlos! –le replicó ella, metiéndole prisa–. Todos los hombres del rancho están preparados. Toma un pañuelo para que te limpies la cara. Vamos –añadió ella. Entonces, al ver que Austin no se movía, se volvió–. ¿Te ocurre algo?

–Tú te quedas aquí –le replicó él muy seriamente, levantándose de la silla.

–¡Ni hablar! Yo voy también –le espetó ella–. Yo conduzco para que tú puedas disparar.

Austin se dio cuenta de que no había manera de discutir con ella. Seguramente sus propios hombres harían sólo lo que ella les dijera. Entonces le preguntó:

–¿Cómo me dijiste que saliste del desván?

–Salí por la ventana. Ya te lo dije. Tenemos que irnos para poder seguir el rastro de esos hombres. Si no –añadió impaciente–, tus hombres se marcharán sin nosotros.

Entonces, ella salió corriendo de la habitación. Austin la siguió, y cuando consiguió alcanzarla le dijo:

–Cielo, quédate...

–No –le replicó ella–. Cállate. Ahora me arrepiento de haberte soltado las cuerdas –añadió, mirándolo con los ojos echando chispas.

Austin se quedó petrificado. Y de nuevo tuvo que echar a correr para alcanzarla. Iris se puso al volante del coche. Los tres hombres del rancho que iban con ellos, se agarraban a dónde podían y se miraban unos a otros por la manera en que ella conducía. Tal y como había prometido, Iris iba a estar a la cabeza de aquella operación.

El coche de los fugitivos había llegado ya a la autopista para verse envuelto en un pequeño accidente. Algunos coches se habían chocado. Sin embargo, si uno se fijaba atentamente, se podía ver que los coches envueltos en el accidente estaban oxidados donde habían recibido el impacto. Aquello era muy raro.

Un hombre muy anciano salió de uno de los coches y entonces ellos reconocieron al abuelo del sheriff. El hombre se acercó a la ventana de Iris y saludó encantado cuando la reconoció.

–¿Qué tal estás, guapa?

–¿Dónde está el coche que venía del rancho de Austin? –replicó ella, ignorando la pregunta.

–Les hicimos ir por el lateral de la carretera hacia el norte –respondió el hombre, con una amplia sonrisa.

–¿Al norte? –exclamó ella–. ¡Ah! Ya lo entiendo. Les habéis tendido una trampa.

–Sí.

–Ellos no sospecharon nada –rió Austin.

–No.

Iris se echó a reír. Y el anciano también. Pero los hombres que iban en el asiento de atrás no entendían nada.

–¿Cuántos hombres tenéis allí? –preguntó Austin.

–Bueno, ya sabes cómo es mi nieto John. Él cree que es justo que cualquiera pueda unirse y participar. John quiere convertirse en congresista. Y creo que probablemente lo conseguirá.

–Sí –respondió Austin–. ¿Te podemos llevar a alguna parte?

–No. Tengo que quedarme a vigilar. De esa manera, el sheriff cree que estaré más seguro.

–¿Cómo podemos llegar a dónde ellos fueron?

–No podéis –le espetó el abuelo, metiendo la cabeza por la ventana–. Si todos los curiosos llegaran a dónde les están esperando, podría haber problemas. Es mejor que os vayáis a casa.

–Queremos ayudar –replicó Austin enseguida.

–A ellos les pagan por lo que hacen –le dijo el anciano–. Y saben exactamente cómo hacerlo. Estoy intentando protegeros el pellejo. ¿Es que no oís los disparos?

Cuando se pusieron a escuchar, efectivamente escucharon los disparos en la distancia.

–¿Crees que nos necesitarán? –preguntaron todos, con los rostros muy preocupados.

–No. Lo tienen todo bajo control. Esos ladronzuelos no podrán resistirse mucho.

–Estoy un poco desilusionada –afirmó Iris.

–Yo también –respondió el hombre, con una carcajada.

–Por lo menos tú has podido dirigir el tráfico. Pero, ¿qué habría pasado si se hubieran dirigido en la dirección opuesta?

–También por allí tenemos gente apostada. No hubiera importado.

–Siento que me han dado de lado –dijo Austin.

–Yo también –asintió el anciano.

Ellos se dispusieron a marcharse, haciéndole prometer al anciano que los llamarían si los necesitaban. El anciano así lo prometió y se dirigió a su coche.

–Podemos ayudar a retirar todos estos coches –le dijeron, antes de marcharse.

–No os preocupéis –les gritó el hombre–. Gracias de todos modos.

Iris dio la vuelta al coche y se dirigieron de vuelta a la casa, por donde habían venido. Al llegar a la casa, aparcaron el coche, suspirando por haberse perdido una aventura. Al llegar a la casa entraron, y se detuvieron en seco, muy sorprendidos.

Allí, sentado en un sillón, con una copa de vino, estaba uno de los evadidos, el que se había comportado de modo tan diferente a los otros. Al verlos, les sonrió.

–¿Es que no te fuiste con ellos? –preguntó Austin.

–No –replicó el hombre–. Al ver lo que pasaba en la autopista, me di cuenta de lo que estaban preparando y no quise que me pillaran con ellos. Así que, mientras conducían, les dije que yo me bajaba y que continuaran sin mí.

–¿Cómo te llamas? –preguntó Austin.

–Charles Bing. Me di cuenta que al otro lado de la autopista nos estaría esperando la policía. Así que me bajé. Ninguno de ellos se preocupó mucho por mí. Simplemente me dejaron marchar. Sólo aquello hizo que me sintiera aliviado. Me escondí detrás de un árbol y esperé a que se marcharan. Ninguno de ellos miró hacia atrás. Este vino es muy bueno –les dijo, bebiendo de la copa–. No nos dan de esto en la cárcel.

–¿Por qué te escapaste de la cárcel con ellos? –le preguntó Austin por fin.

–Había una mujer que me tenía obsesionado y quería verla. Había pasado mucho tiempo desde la última vez que la vi o que tuve noticias de ella.

–Ya me acuerdo –dijo Austin–. ¿Dónde está ella?

–Anoche descubrí que se había fugado con otro hombre.

–Hablaremos con la cárcel y les explicaremos que los otros te tomaron como rehén –le sugirió Austin.

Todo el mundo se echó a reír, pero no porque les hiciera gracia, sino de alivio. Esperaron hasta después de la cena para decirle al sheriff la historia de aquel hombre, agotado y desilusionado, que había decidido volver al rancho.

La policía vino y se llevó a Charles. Éste se había vuelto a poner las ropas de la cárcel. Mientras se marchaban, todos le dijeron que les escribiera. Charles se echó a reír. El abuelo del sheriff también sonreía, pero no dijo nada.

Austin se sentía profundamente aliviado de que no les hubiera pasado nada a Iris ni a sus hombres... ni pos supuesto a él. Y supo que, a partir de aquel momento, nada ni nadie impediría que le pidiera a Iris que se casara con él.

Capítulo Ocho

Mucho más tarde, Austin encontró tiempo para mirar a Iris. Ella se echó a reír. En aquellos momentos se comportaba como si ya estuviera perfectamente. Pero Austin se preguntaba con tristeza si realmente sentía algo por él.

Ella se había sentido muy apenada por sus tres maridos, tanto que había caído en una depresión y se había sentido dispuesta a morir. Y en aquellos momentos, sonreía y reía constantemente. ¿Había decidido por fin que su sitio estaba entre los vivos? ¿Era ya capaz de mirar al sol, la luna y darse cuenta de que el mundo era maravilloso?

Si ella se despertaba y era capaz de apreciar la vida y a él, ¿podría enamorarse de él? O al no ser capaz de morir, tal y como ella había deseado, ¿sería él sólo una distracción para ella?

Los viejos temores volvieron a apoderarse de él. Cuando ella le había permitido que hiciera el amor con ella, ¿se imaginaba que él era uno de los tres?

Él era un buen hombre, su padre se lo había dicho. Y él sabía que era así. Y ella esperaría a Iris para siempre, pero, después de aquellos tres hombres, ¿sería capaz de amarlo?

¿Cómo iba él a ser capaz de conservarla? ¿Qué pasaría si ella se cansaba de él cuando se pusiera más fuerte y deseaba otros hombres? ¿Qué iba a hacer él?

Austin no encontraba la respuesta. Podría ir a hablar con el padre de Iris y decirle que ella tenía que volver a casarse y que él estaba dispuesto a hacerlo. De aquella manera, no tendría que ponerse de rodillas delante de ella, aferrándose a las perneras de los pantalones de Iris, llorando y suplicando.

Iris era una mujer testaruda, irritante, pero maravillosa. Y, además, era muy curiosa. ¿Cómo podría él mantener aquella curiosidad e interés sobre él vivos en ella? Él sólo era un hombre corriente. Pero ella le pertenecía.

Ella probablemente no lo sabía y él pensó que ella sólo le estaba utilizando. Pero él no lo consentiría. La tenía y la conservaría, le costara lo que costara.

Después de un largo tiempo Iris dijo:

—Tengo que marcharme a casa para que mi familia sepa exactamente lo que ha pasado hoy aquí.

—Todo el mundo habrá oído ya una parte de la historia —respondió Iris, con un suspiro.

—Por eso necesito irme a casa para que pueda contárselo a mi familia tal y como ocurrió. La idea de poner los coches en la autopista fue magnífica —le dijo ella con una sonrisa.

—Sí, bueno. Primero tengo que examinarte y asegurarme de que estás bien —comentó él. Ella sonrió, pero no se movió—. Y también necesito asegurarme de que todos los hombres están bien.

–Estoy totalmente de acuerdo. Por eso me voy a casa. Mi coche está aparcado fuera.

–¿Puedo acompañarte hasta tu vehículo? –le preguntó él, muy caballerosamente.

–Será un placer.

–Me alegro de que estuvieras aquí para rescatarme –le agradeció Austin, mientras se dirigían al coche.

–Todos intentamos ayudarte –le respondió ella–. Lo único que no podíamos hacer era utilizar el teléfono de las cuadras o del garaje. Pero como teníamos nuestros teléfonos móviles, no hubo ninguna dificultad.

–Fue lo más lógico.

–Sí –respondió ella.

–Pero, a pesar de todo, todos estuvisteis muy alerta y listos para actuar –añadió él–. Bien hecho.

–Como tú no tenías un teléfono móvil, la policía no pudo contarte lo que estaba pasando y lo que iban a hacer.

–Si hubieran llamado por teléfono, los fugitivos habrían contestado al teléfono –concluyó Austin.

–Si eso se hubiera producido, la policía habría dicho que se iba a producir un tornado y os hubiera recomendado que os refugiarais.

–¿Y me hubiera tenido que meter en un refugio con esos canallas?

–Probablemente habrían huido, pero los policías los hubieran capturado.

–Sí, si los fugitivos no se hubieran escapado en mi coche, la policía habría venido bajo una identidad falsa, pretendiendo querer comprobar las marcas del ganado o algo por el estilo.

–¿Cuántas veces has tenido este tipo de visitantes? –le preguntó Iris.

–Que yo me acuerde, un par de veces. Me han dejado atado y se han marchado, pero nunca he estado retenido mucho tiempo.

–¡Madre mía!

–Todos estuvisteis maravillosos –dijo él, alabándola de nuevo–. Os quedasteis aquí y llamasteis a la policía y... tú te pusiste a dirigir a los hombres –le dijo muy suavemente–. Pero yo me las hubiera podido arreglar solo. La única cosa que me preocupaba era... mantenerte alejada de sus manos lascivas.

–Yo sólo te resulto atractiva a ti –le dijo ella, en tono burlón.

–Si crees eso, eres una tonta –le replicó ella, tiernamente.

–¿Cómo puedes llamarme tonta? –le preguntó ella, algo dolida.

–Porque te crees que sólo me resultas atractiva a mí. ¿Es que no ves las caras con las que te miran los otros hombres, como si no hubieran visto nada como tú antes?

–Supongo que se quedan estupefactos por lo delgada que estoy –le replicó ella.

–No, cariño. Tú tienes magia...

Ella se echó a reír, pensando que aquellas palabras resultaban muy divertidas. Austin resultaba encantador. Por eso ella había permitido que se le acercara. Él la miraba en silencio, sin decir nada.

Ella se puso de puntillas y lo besó. Aquello era un adiós, un beso de despedida.

Y él lo aceptó. Pero no la estrechó entre sus brazos, porque sabía que los hombres estaban mirando. No quería que ellos supieran que estaba loco por Iris. Lo que tenía que hacer era acabar el trabajo y hacer que se marcharan los hombres, para poder estar a solas... con ella.

Tener una amante era un verdadero problema. Un hombre nunca tenía el tiempo ni las ganas para hacer el resto de las tareas. No es que ella fuera una tarea... No lo había sido desde que había dado con ella.

—¿Cómo te encontré? —le preguntó en voz alta, sin darse cuenta.

Ella le sonrió y replicó:

—Te veré cuando todo se calme un poco... incluido tú.

Él se mordió los labios para evitar sonreír, adquiriendo con aquel gesto un aspecto pensativo. Iris suspiró. Entonces se dio la vuelta y se dirigió a su coche.

—No me has dado un beso de despedida —le dijo él, a su lado.

—Ya te he besado demasiado con todos los hombres mirando —murmuró ella, sin volverse a mirarlo.

—¡Eso no es cierto! —exclamó él, algo indignado.

Después de llegar al lado del coche y de abrir la puerta, Iris se volvió a mirarlo con un autocontrol que dejó a Austin atónito. Él se irguió y le dijo seriamente:

–Si te he molestado... lo siento –añadió, finalizando la frase de una manera distinta a la que había pensado.

Ella se echó a reír y se metió en el coche, cerrando la puerta con el pestillo. Entonces, metió la llave en el contacto y arrancó el coche. Austin se acercó al coche y se inclinó sobre la ventanilla, moviendo la boca como si estuviera a punto de decir algo. Ella lo vio por el retrovisor y lo miró, con los ojos llenos de chispa. Entonces, simplemente piso el acelerador y se marchó.

Él se quedó allí, mirando, con las manos metidas en los bolsillos. ¿Por qué se iba a marchar ella sin saber si iba a poder cruzar la autopista y llegar a la ciudad? Las mujeres, incluso en el mejor de los casos, eran impredecibles.

Entonces Austin volvió a la casa y llamó a la patrulla de carreteras para preguntar sobre la autopista.

–Va un poco lenta, pero se puede circular.

–Gracias –respondió él.

–De nada.

Austin colgó el teléfono. Ahora ya sabía que Iris no tendría ningún problema para poder llegar a casa. Tendría que casarse con ella para poder controlar su conducta mejor.

En la autopista, con todas las puertas cerradas con el pestillo y las ventanas subidas, Iris conducía con mucho cuidado siguiendo las indicaciones de los patrulleros, que estaban retirando los coches que habían colocado allí para impedir la huida.

Iris empezó a comprender lo que los policías habían organizado para ayudar a Austin y se preguntó si él se habría dado cuenta de lo que aquellos hombres habían preparado para salvarle la vida. Ella les estaba muy agradecida y tembló al comprender todo lo que se había hecho para salvarlo. También se dio cuenta de lo tranquilo que él había estado y de lo mucho que se había preocupado para que ella estuviera bien.

Probablemente, Austin se comportaría de aquella manera con los niños, trabajaría hasta el infinito para conseguir que cualquiera que le necesitaba se encontrara a salvo.

Sí, Iris se casaría con él. Lo intentaría por cuarta vez. Pero, ¿qué pensarían sus maridos muertos? Austin sería un poco difícil de domar, pero Iris estaba segura de que lo conseguiría.

De vuelta a casa, Austin se puso a considerar cómo podría domar a Iris para que fuera más fácil de controlar. Estaba cansado de intentar ayudarla y encargarse de que estaba a salvo.

Iris era un verdadero jeroglífico para él. ¿Serían todas las mujeres así? Intentó pensar en todas las mujeres con las que había tratado. Todo ello había empezado cuando Austin tenía aproximadamente doce años. La primera había sido su madre.

Su padre, aparentemente, se había rendido a ella. Él nunca había intentado cambiarla. Simplemente, le permitía llevarlo todo a su manera y hacer todo lo que ella quería.

Por aquel entonces, fue cuando Austin intentó ayudar en la relación de sus padres. Pero ellos le decían que no se metería, que no interfiriera en cosas que no eran asunto suyo. A él le pareció que los dos se comportaban de una manera muy extraña... y que su padre no quería que lo ayudara. Y su madre no se daba cuenta de la suerte que tenía de tener un hijo como él, que se preocupaba tanto por las cosas y estaba siempre dispuesto a ayudar.

De repente, Austin recordó que una noche, había oído a sus padres reír y cuchichear muy tarde en la habitación. Le llevó mucho tiempo entender que nadie necesitaba de sus consejos, y le resultó muy raro. Se dio cuenta de que él no era el rey, no era el que llevaba todo el peso de la casa... Y aquello le resultó muy raro. ¿Cómo le habrían soportado? ¿Por qué nadie le había dicho que los dejara en paz? Así que Austin llamó a su madre y le dijo:

—Éste es tu nuevo hijo, Austin. He cambiado y estoy dispuesto a dejar de meterme en la vida de las personas. Lo siento.

Entonces, sin darle oportunidad para contestar, le colgó el teléfono y se sintió... muy adulto. Sintió que se había hecho con el control, no de la vida de otras personas, sino de la suya propia.

De la misma manera llamó a Iris, pero ella no había llegado todavía a casa. Bueno, ya la llamaría más tarde. Tal vez podrían discutir lo que ella quería hacer. Ella sería libre de decir lo que quería hacer.

¿Dónde estaría y por qué se entretenía tanto?
Las mujeres no estaban hechas para guiarse

ellas solas. Ellas necesitaban un hombre que las controlara y las dirigiera. De nuevo, pensó que su madre había sido demasiado condescendiente con su padre.

Austin se dio cuenta de que se estaba poniendo muy nervioso. Necesitaba estar tranquilo. Muy cuidadosamente, volvió a marcar el número de Iris.

Otra vez, el teléfono sonó y sonó, sin que nadie contestara. Había tenido tiempo suficiente de llegar a casa. Por lo menos, eso era donde había dicho que iba. Tal vez había parado para comprar algo. Sólo Dios sabía lo que a una mujer sola se le podría ocurrir hacer. Las mujeres eran de esa manera. Los hombres eran tranquilos y considerados y tenían el control de sí mismos.

¿Dónde demonios estaba? Austin marcó de nuevo. Y otra vez, no obtuvo respuesta. ¿Habría tenido un accidente? Ella conducía bien. Le había enseñado uno de sus maridos, el primero. Maldita sea.

Austin tenía algunos problemas en convertirse en su marido. Llegaba demasiado tarde. Se puso a pensar en todas las maneras en las que todos sus maridos le habrían influido. Le costaría mucho intentar controlarla.

Justo aquel día, había cerrado el pestillo del coche para que él no pudiera sacarla. Se quería ir a casa, y así lo había hecho. ¿Quién era el que controlaba todo de los dos?

Él. O al menos lo estaba intentando. Volvió a llamar, y de nuevo, no consiguió que nadie le respondiera. Austin se sentía a punto de estallar, mirando al teléfono, que no le servía para nada. Y lo colgó.

Austin salió al patio y se puso a caminar con el perro. Todo estaba tranquilo, excepto él. El cielo estaba muy hermoso. Había sido un día muy largo. Él se irguió y pensó que efectivamente había sido un día muy extraño. Se preguntó qué tal le iría a Charles Bing en la cárcel y si él estaría tranquilo y sosegado.

Pero él no lo estaba. Había descubierto que las mujeres eran mucho más difíciles de controlar de lo que él se había imaginado. Recordó a todas las mujeres a las que había cortejado. Había sido amable y considerado con ellas, pero todas le habían dejado. Nunca había sabido exactamente el por qué. Sólo sabía que le habían dejado, pero aquel pensamiento no le quitaba el sueño.

Se dio cuenta también que él nunca había roto con ninguna de ellas. Habían sido ellas las que habían decidido dejarlo. Le encontraban demasiado dominante.

Aquello le había sorprendido muchísimo. Él se sentía muy hombre y tenía que guardar el control. Iris había estado tan delicada que él se había puesto a cuidar de ella. Cualquier mujer que hubiera perdido tres maridos iba a tener mucho cuidado con casarse de nuevo.

¿Sería eso lo que ella sentía? ¿O era que había decidido no prestar más atención a los hombres porque no le duraban demasiado?

¿Habría dejado exhaustos y agotados a aquellos tres hombres? ¿Era eso lo que les habría ocurrido?

Era una manera bastante agradable de morir, pero tal vez ella hubiera cambiado. Ella había hecho el amor con él y no había pasado nada anormal. Tal vez, era más cuidadosa al tener más años.

Su primer marido había muerto en una guerra en el extranjero. El segundo había muerto de una enfermedad también en el extranjero y el tercero por un toro suelto. Ella no había tenido que ver con sus muertes.

Así que Iris era inocente. Era muy frágil, y sentía una pasión incontrolada por el cuerpo de Austin. ¿Había sido de aquella manera con sus otros maridos? No importaba. Él la amaba y quería que ella estuviera a su lado. No era sólo por el sexo.

Tenía que cuidarla. Pero de nuevo, recordó que había echado el seguro del coche y había insistido mucho en marcharse a casa. ¿Estaba intentando distanciarse de él? ¿Habría ella disimulado que le gustaba hacer el amor con él?

A Austin le gustaba mucho caminar. Recorrió los establos, los graneros, los pastos y los corrales, mientras contemplaba como el cielo se oscurecía con la llegada de la noche. Se sentía muy inquieto por lo que volvió de nuevo a la casa y escuchó el silencio que reinaba en las habitaciones vacías. Encendió la televisión y se puso a oír las noticias. Entonces llamó de nuevo a Iris. Por fin ella contestó el teléfono.

—¿Estás bien?

—¡Menudo atasco! Todo el mundo empezó a hacer sonar la bocina y a salir de los coches. Y todo por el montón de coches que colocaron en la autopista para evitar que los fugitivos se escaparan.

—¿Se han escapado?
—Claro que no.
—¿Estás bien?
—Estoy furiosa e irritada y todo el mundo me trata como si fuera una muñeca de porcelana.
—Y lo eres –le dijo él muy seriamente.
—¿De verdad soy tan frágil?
—Sí, pero eres perfecta.
—Mi familia me está mimando hasta la exageración. Me voy a acostumbrar y voy a esperar que tú me trates de la misma manera.
—De acuerdo.
—¡Vaya! Voy a grabar eso y para poder recordártelo de vez en cuando.
—Ven a mi casa. Yo...
—¡No volvería a esa autopista ni por todo el oro del mundo! Date una ducha fría.

¡Y entonces ella colgó el teléfono! Sin embargo, Austin pensó que era mejor que le diera aquellos momentos para ella, porque muy pronto, se iba a asegurar de que nunca se separara de su lado.

Capítulo Nueve

Iris Smith, con sólo veinticuatro años, le había dado a Austin unas órdenes muy precisas. Austin Farrell tenía que tomar una ducha fría e irse a la cama. Todo resultaba muy lógico.

Se puso a mirar hacia poniente, dónde el sol había huido cobardemente para esconderse. ¿Se iba a quedar allí solo después del día que había pasado? ¿Él solo? Efectivamente, no había nadie que estuviera allí para agarrarlo de la mano y reconfortarle.

Aquel era uno de los muchos problemas que un hombre tenía que aceptar. Las mujeres pensaban que los hombres eran capaces de soportar cualquier cosa. Los hombres tenían serios problemas si se sobresaltaban demasiado o si lloraban sobre cualquier tragedia. Tenían que conservar siempre la compostura, como tradicionalmente se les había enseñado.

Si Austin se sentía vulnerable, ¿por qué asumía que una mujer necesitaba a un hombre para que la protegiera?

Había visto a muchos hombres maltratar a las mujeres que luchaban y se defendían. Cuando él había intervenido, la mujer se había peleado con

Austin para que dejara en paz a su marido. ¡Había sido la misma mujer la que había protegido al canalla que estaba maltratándola! La gente era muy extraña.

Uno de los perros se sentó al lado de Austin, con la boca cerrada y mirando a su alrededor. Austin decidió ponerse a charlar un poco con el perro, cuyo nombre era Yip.

–Todas las mujeres deberían estar metidas en lugares parecidos a los antiguos harenes –le dijo al perro–. Deberían estar aisladas de otros hombres y debería impedírseles que fueran a ningún sitio solas –añadió, mirando la luna pensativamente.

Entonces, en la lejanía, se escuchó un aullido.

–¿Es ése un macho en busca de una hembra?

El perro se puso de pie y se marchó corriendo. Antes de que Austin se diera cuenta, ya había desaparecido.

–Estoy seguro de que se trata de una reunión de machos –murmuró Austin para sí mismo, ya que no quedaba nadie en los alrededores.

Austin suspiró profundamente y regresó a la casa. En el porche, vio la figura de una mujer. Era Iris.

Él se quedó muy sorprendido pero lo disimuló y se dirigió lentamente hacia el columpio, con la cabeza baja y aspecto cansado. Con las manos metidas en los bolsillos, suspiró desconsoladamente. Entonces ella rió y él levantó la cabeza como si se hubiera sorprendido mucho. Sacó las manos de los bolsillos y se dispuso a defenderse, como si alguien fuera a atacarlo. Entonces, miró a la mujer, que no dejaba de reír y se irguió lentamente.

–¿Eres tú? –preguntó él

–¿Es que estabas esperando a otra persona? –replicó ella.

–Bueno, gracias a Dios que no eres... Bueno, hola –dijo con una voz muy remilgada... Eres Iris, ¿no?

A ella le encantó. Él realmente había esperado que ella se sintiera indignada y que presentara una actitud hostil hacia él. Sin embargo, estaba riéndose, muy divertida.

Él se dirigió hacia ella, con las manos de nuevo metidas en los bolsillos de los pantalones. Y entonces, regresó el perro, que se puso inmediatamente a gruñir a aquella intrusa.

Aquello también le pareció hilarante. Iris se echó a reír, esperando que Austin calmara al perro.

–Quieto –le dijo él.

No le hizo que se calmara y que se marchara, sólo le dijo que se sentara y que la observara. Si ella se movía, el perro se abalanzaría y le impediría alejarse de dónde estaba.

–De acuerdo, ¿por qué no le dices que se vaya? –le preguntó Iris, que conocía muy bien a los perros.

–En la oscuridad, ¿cómo quieres que sepa quién eres y por qué has venido? Explícate mujer –le espetó Austin, tratando de parecer indignado.

–Si no fueras tan dramático, probablemente me iría a casa de nuevo. Ahora las autopistas están libres de tráfico.

–¿Es que has vuelto aquí para comprobarlo?
–No. He vuelto por ti.
–¿Para qué?
–Me he dado cuenta de que quería estar contigo –le dijo ella, sin levantarse del columpio, mientras se encogía de hombros.
–¿Por qué?
–Sólo quería estar contigo –le repitió ella de nuevo, sonriéndole.
–¿Por qué? –insistió él.
–He estado buscando durante veinte años y por fin he encontrado...
–¿Desde que tenías cuatro años? ¿Llevas buscando un hombre desde que tenías cuatro años?
–Me estás interrumpiendo –suspiró ella, pretendiendo que se armaba de paciencia.
–Oh, lo siento. ¿Qué es lo que estabas diciendo?
–¿Dónde me había quedado?
–Llevabas buscando veinte años... –le recordó Austin.
–Sí... años –le dijo, levantando una mano–. Y tú eres todo lo que he encontrado por esta parte –añadió con un suspiro, con sus enormes ojos resaltando a la luz de la luna.
Él se sentía indignado. ¿Se estaba quejando? ¡Había tenido tres maridos! ¿Acaso sería tan insaciable? Estaba detrás de otro hombre, de él.
Austin afrontó la realidad y supo que tendría que hacerse cargo de ella. Tendría que ocuparse de ella. Austin suspiró dramáticamente, metió las manos aún más en los bolsillos y se mantuvo

firme, aunque el cuerpo le pedía otra cosa. Estaba preparado, deseoso... ¡Dios mío! Ella le tenía en la palma de la mano.

Entonces Austin se dirigió hacia ella y la tomó de los brazos, levantándola del columpio hasta que ella estuvo de pie, a su lado.

—No debes engordar más —le dijo con voz ronca.

—¿Es que ahora peso demasiado para ti, cariño? —preguntó Iris, con una enorme sonrisa en los labios.

—Calla.
—¿Por qué?
—Calla.
—Sí, señor.
—Eso está mejor —le dijo Austin.

Entonces la besó de una manera sutil y delicada, pero que la volvió loca, prolongando el beso hasta que a ella le temblaron las piernas. A pesar de tener el rostro serio, Austin sonrió por dentro. Sabía cómo hacer que a ella le temblaran las piernas, sabía cómo hacer que perdiera el control.

Iris le puso las manos a ambos lados de la cabeza, hasta conseguir que él la colocara en la posición que ella quería. Entonces le besó de una manera que hizo que Austin perdiera la cabeza.

Cuando ella finalmente le liberó la boca del aquel beso que le hizo temblar por dentro, Iris ignoró el hecho de que estaba apoyada contra su pecho y su estómago e inclinó la cabeza hacia atrás para mirarlo.

Él la estaba mirando y al verla, Austin se sintió transtornado. Ella le había atrapado, como nunca lo había hecho antes. Se sentía muy indefenso.

Se quedó allí, abrazando a Iris muy suavemente, de manera que ella no se desintegrara y desapareciera allí mismo, delante de sus ojos, asombrado al mismo tiempo de que su cuerpo pudiera funcionar tan automáticamente.

–Vamos dentro –le dijo Austin.

–De acuerdo –respondió Iris.

Sin saber a qué había accedido exactamente. En medio de aquel silencio, Iris descubrió de repente que se dejaría llevar, fuera lo que fuera lo que la esperaba. Lo único que no podría hacer era volver a casa. Probablemente, en aquellos momentos ni siquiera sabría cómo arrancar el coche.

Se vio conducida hacia la puerta, y aunque estaba muy aturdida, le dejó a Austin que la llevara hacia su habitación escaleras arriba. Todo aquello ya le resultaba muy familiar. Sonrió. Todo era tan sencillo... Austin abrió la puerta y la invitó a pasar a través del umbral de la puerta.

Desabrochándose los botones de la camisa, Austin se dirigió a la cama y levantó la colcha. Entonces, él la sonrió. Ella le dejó hacer, y pretendió que no podía desabrocharse los corchetes del vestido.

–Déjame que te ayude –le dijo él.

Resultaba muy interesante ver cómo él se preocupaba de desnudarla, sin ocuparse tanto de quitarse él las suyas.

–Supongo que ya habrás hecho esto antes –le

preguntó él. Ella se echó a reír–. ¿Quién más te ha ayudado a desnudarte?

–Tú –le dijo ella, mirándolo a través de los párpados entrecerrados.

–¿Y quién más?

–Las amigas con las que he pasado la noche –replicó ella.

–¿Ningún hombre?

–Mis maridos.

–¿Y quién más? –insistió él, a quien todas aquellas respuestas parecían evidentes.

–¿Te refieres a hombres?

–Sí.

–Nadie más. Ni siquiera el médico –respondió él.

–Eso demuestra que es un hombre muy listo.

–Lo que a mí parece es que está terriblemente ocupado.

–¿Te vas a acabar de quitar todo eso? –le preguntó Austin, sin dejar de contemplarla con deleite.

–Supongo que sí. Pero no me gustaría que se me arrugara el vestido.

–Claro –le dijo, con una mirada tan tórrida que sus ojos parecían capaces de prender fuego a cualquier cosa que se le pusiera por delante.

Finalmente, el vestido cayó al suelo. Iris no llevaba nada debajo, lo que le sorprendió mucho, a pesar de que así había sido la primera vez que habían hecho el amor.

Iris no se había quitado los zapatos, así que estaba desnuda delante de él, intentando cubrirse con el vestido, pero todavía con los zapatos de tacón alto.

–Te lo colgaré en el armario –le ofreció él.

–Qué amable –replicó ella.

Aquella era la mujer que había estado a punto de abandonarlo aquella noche. Austin se rió para sus adentros, silenciosamente.

Le colgó el vestido, pero le llevó un poco poder encontrar la percha, ya que no podía quitar los ojos de ella para ponerse a buscar una.

¿Cuantas veces habían hecho el amor antes de aquella noche? Seguramente las suficientes para que él no se sintiera tan aturdido. Además, él conocía a las mujeres. Ella no era consciente de cuántas mujeres había conocido. Estaba claro que, a su edad, Iris no debía considerarle un novato.

Finalmente, consiguió colgar el vestido y enseguida se desnudó.

–¿Es que todavía no te has acostumbrado a verme desnudo? –le preguntó Austin a Iris.

–Todavía no.

–Siempre ha sido difícil tratar con jovencitas –dijo él, dando un suspiro dramático–. ¿Y tú tienes veinticuatro años y has tenido ya tres maridos?

Austin estuvo a punto de morderse la lengua por haber mencionado a los maridos en un momento tan inoportuno como aquél.

–Calla –le dijo ella, muy seria.

–Tuvieron mucha suerte de haberte encontrado a tiempo –observó él, poniéndole las manos en los costados.

–Todos ellos eran hombres muy buenos –replicó ella, algo triste.

–¿Y yo? –le preguntó él inmediatamente, para intentar apartarle la mente de ellos.

–Me parece que tú eres un hombre muy especial –afirmó ella, sin apartar la mirada de él.

–Gracias.

–Tú tienes mucha experiencia –añadió ella.

–Compré este rancho cuando tenía solo diecinueve años –le dijo Austin, cambiando deliberadamente el tema de conversación–. Mi abuelo murió y...

–Yo estaba hablando de experiencia sexual...

–Enséñame...

–Sé muy bien que no eres un hombre inocente en lo que se refiere a las mujeres.

–¿Qué mujeres?

–Las que te hayan acompañado en los últimos cinco años. ¡No me negarás eso!

–Me han... utilizado. ¡Escúchame! ¡Son las mujeres las que de verdad utilizan a los hombres! –exclamó él. Ella se echó a reír. Pero él hablaba muy en serio–. Los hombres no van con las mujeres sólo por el sexo. Les gusta la compañía, les gusta compartir. También les gusta sacar a las mujeres para que ellas comprendan lo que es el mundo. Los hombres lo contemplan todo de un modo diferente...

–Lo que les gusta a los hombres es contemplar a las mujeres desnudas...

–Los hombres van a partidos de béisbol y juegan al fútbol, y también se les da bien el golf. Hacen todo tipo de cosas –le comentó, sin apartar los ojos del cuerpo desnudo de Iris–. Van a lugares que puedan admirar...

–Las casas de mala reputación.

–¿Cómo puedes decir eso? –exclamó él, dando un paso atrás, como si le hubieran dado una bofetada–. Me escandalizas.

Ella se echó a reír. ¿Qué otra cosa podía hacer? Él estaba tan ansioso pero era tan cuidadoso al mismo tiempo... Los ojos y las manos se le escapaban a su control. Era como cualquier otro hombre. Pero ella quería tener un hijo suyo.

–Quiero que me des un hijo –le dijo ella.

–Y así será. A su debido tiempo tendremos un hijo. Y tú te alegrarás de que hayamos esperado a conocernos bien para tenerlo...

–¡Eso fue lo que los otros me dijeron! –exclamó ella, con los ojos abiertos como platos–. Ellos me dijeron que teníamos todo el tiempo del mundo y que yo era demasiado joven como para hacerme cargo de esa responsabilidad –añadió alarmada.

–Cariño...

–Eso también me lo llamaron. Y me dijeron que teníamos todo el tiempo del mundo... ¡Y ahora están todos muertos!

Ella empezó a llorar y se puso a buscar el vestido para ponérselo. Pero las lágrimas le impedían ver con claridad.

Austin reaccionó con rapidez y la tomó entre sus brazos, estrechándola fuertemente entre ellos.

–Yo estoy sano –le dijo–. Yo puedo darte un

hijo. Cariño, no llores. Tenemos todo el tiempo del...

Ella empezó a llorar, casi desesperadamente. No tenía que explicarle el porqué. Austin sabía perfectamente los motivos.

–Tendremos un niño enseguida. Te lo prometo. Pero tienes que casarte conmigo primero. Cariño, no llores, por favor... Me destroza verte llorar.

–Vale –respondió ella, inclinándose para apoyarse sobre él.

Entonces ella vio que Austin estaba llorando y acarició el rostro para reconfortarlo. Entonces, él la llevó a la cama. Iris lo deseaba, lo necesitaba y deseaba tenerle otra vez. Austin la tumbó en la cama y se tumbó a su lado mientras le acariciaba el pelo. Sin embargo, ella lo que quería era que le hiciera el amor, por lo que le acercó los senos y le envolvió con una pierna, emitiendo jadeos para excitarlo. Ella pensó que eso sería suficiente para provocarlo. Pero estaba tan preocupado por ella, que ignoró la ansiedad que se había apoderado de él.

Para salirse con la suya, Iris simplemente le hizo tumbarse sobre la espalda para poder sentarse encima de él y guiarlo dentro de su cuerpo.

Él se quedó anonadado y gimió. Pero luego sonrió y se humedeció los labios, poniéndole las manos en las caderas para sujetarla y le permitió que ella le hiciera el amor... pero a la manera que a él le gustaba. Algunas veces, los hombres pueden resultar muy astutos para conseguir lo que quieren.

Sin embargo, se encargó especialmente que ella, al igual que él, gozara también. Al terminar, ella se derrumbó encima de él y se quedó completamente en silencio.

–Eres una mujer muy avariciosa –le dijo, después de unos minutos.

–Me sorprendes –respondió ella.

–¿Vas a hacer eso de nuevo? –le preguntó él con la voz temblorosa–. Eres mía. Te he comprado una pulsera para el tobillo con mi nombre grabado y te la voy poner en el tobillo izquierdo para marcarte como mía y que ningún otro hombre se atreva a tentarte.

Las lágrimas empezaron a fluir lentamente de los ojos de Iris. Aquello se lo había pedido también su segundo marido.

–Te amo –le dijo ella a Austin. Estuvo a punto de añadir «también».

¿Qué pensarían los tres de ella, satisfecha, aunque tumbada junto a otro hombre? Ella había querido morir y había hecho todo lo posible para conseguirlo. Y, sin embargo, allí estaba, tumbada al lado del cuerpo desnudo de Austin.

Ella se deshizo de su abrazo, poniéndole las manos a cada lado del costado, mientras lo miraba intensamente.

–¡Otra vez no! –exclamó Austin, sonriéndole con picardía.

–Te amo –le dijo ella, muy seria.

–Lo sé.

–Sólo quiero que entiendas que de verdad estoy enamorada de ti. No es sólo el sexo o el deseo de tener niños. Te deseo a ti mucho más que a todo eso.

—Yo también siento lo mismo —le dijo muy serio, mirándola, atenazado por la intensidad de aquel momento.

—Si no tuviéramos hijos, todavía querría estar contigo... Podríamos adoptar uno.

Él asintió, observándola atentamente. Ella nunca había hablado tanto con él y la escuchaba muy serio. Fue en aquel momento cuando él entendió la profundidad del amor que sentía por ella.

Sin embargo, no la poseyó de nuevo enseguida. Sabía exactamente lo que sentía por ella y lo importante que aquel momento era para ellos. Y la escuchó atentamente, acariciándola suavemente. Entendió que ella tenía la necesidad de aclarar completamente los compromisos que se habían establecido entre ellos y comprender exactamente lo que iban a compartir juntos.

Hasta aquel momento, su amor sólo había sido superficial y excitante. Austin nunca se había parado a pensar en la profundidad de los sentimientos que había entre ellos, pero en aquellos momentos estaba tan comprometido en la relación como ella. Se había dado cuenta mucho antes, pero nunca le había mencionado nada a ella que no tuviera que ver con el sexo o con estar juntos para siempre.

—Te amo desde lo más profundo de mi corazón —le confesó Austin—. Aunque no te gustara hacer el amor conmigo, te querría tener a mi lado. ¿Entiendes lo que estoy intentando decirte? Esto es muy importante. No me había dado cuenta hasta que te pusiste a hablar conmigo. Díme, ¿me amas lo suficiente? ¿O simplemente tendré que utilizarte para que seas la madre de mis hijos?

Los ojos de Iris se llenaron de lágrimas, tanto que le nublaron la vista. Pero ella sonrió con mucha dulzura y le dijo:

–Te amo. Y quiero tener tus hijos.

–¿Qué hay acerca de los niños que nunca tuviste... con ellos? –le preguntó con mucho cuidado.

–Ellos nunca vieron motivo para apresurarse a tener hijos. En aquel momento, no estaban pensando en el futuro.

–Entiendo.

–Ahora, ya no están aquí –le explicó ella–. Esto sólo tiene que ver con nosotros.

–Siempre has deseado tener niños. Nos pondremos a la tarea de encargarlos desde la misma luna de miel.

–Puede que seis meses después sea más adecuado –consideró ella.

–¡Pensé que me ibas a pedir que me pusiera a trabajar ahora mismo para conseguir que te quedaras embarazada esta misma noche! –exclamó él, aliviado.

–Nunca me imaginé que quisieras tener hijos. Nunca quisiste hablar de ello.

–Tenía miedo de que pensaras que no te amaba. Me preocupaba el estado tan delicado en el que te encontrabas, y en el que todavía estás, por lo que quería que te pusieras fuerte antes de hablar del tema.

—¿Así que no te importa si tenemos hijos? —le preguntó ella, con una maravillosa sonrisa.

—Me encantan los niños. Y te amo. Quiero que te pongas bien antes de que te quedes embarazada.

—No es la primera vez que has hablado de lo delgada que estoy. ¿Es que quieres que me ponga como una vaca?

—Bueno, no exactamente.

Ella se echó a reír. Y luego sonrió mientras le contemplaba.

—¿Has pensado en este momento durante mucho tiempo?

—Te he querido desde siempre. No me pude creer que tres hombres hubieran podido ser tan rápidos. Pensé que habías ido a una escuela de mujeres. ¿Cómo me iba yo a imaginar que unos desconocidos te fueran a conquistar tan rápidamente?

—Los tres eran encantadores.

—Los echas de menos —dijo él, con la voz llena de emoción.

Ella le podría haber dicho cualquier cosa y él la hubiera aceptado, fuera lo que fuera. Sin embargo, ella le respondió:

—Ellos no eran como tú.

—Yo esperaba que fueras a aquel colegio en San Antonio y que volvieras al cabo de los cuatro años. Nunca me hubiera imaginado que un hombre pudiera cazarte en tan poco tiempo.

–Sí.

–¿Qué fue lo que te atrajo de esos tres hombres? –le dijo, preguntando por fin lo que había deseado preguntar durante tanto tiempo.

–¡Eran tan solitarios y estaban tan solos! Echaban tanto de menos sus hogares... Sentía pena por ellos. Eran tan jóvenes...

–¡Dios mío!

–Además, ¡tú entonces ni siquiera me habías dicho ni una palabra! –le espetó ella, algo indignada.

–¡Tú sólo tenías dieciocho años! Yo era ya un adulto.

–¡Y yo también! Me fui a un colegio en San Antonio...

–¡Madre mía!

–No seas tan impertinente. Aquello fue algo muy importante para mí. Necesitaba que la ciudad me diera un poco de alegría.

–Por eso te casaste con tres hombres –le replicó él, con algo de hostilidad.

–Eran buenos amigos.

–¿Tuyos? ¿Por qué eras tan buena amiga de...? –exclamó él, perdiendo un poco la paciencia.

–Eran buenos amigos entre ellos y tenían amigos comunes –le explicó ella, algo sorprendida.

–Entonces, no había ninguna necesidad de que te casaras con ellos para que les aligeraras el viaje de ida...

–¡Eso es una impertinencia!

–¡A mí me destrozaste!

–¿Por qué te tuve que destrozar cuando me

casé con los dos primeros? Puedo entenderlo con el tercero, pero...

–Me sorprende que te dieras cuenta de que habías tenido tres maridos.

–Bien –le espetó ella, sentándose en la cama mientras se volvía a mirarlo–, si te sorprende tanto, es mejor que me vaya a mi casa...

–¡Dios mío! Ayúdame con esta mujer tan rara y tan inconsciente –exclamó él, mirando al techo con las manos extendidas a modo de plegaria.

–Para ti, soy una señora –le espetó ella, pronunciando las palabras casi a través de los dientes.

–Con esta señora –concedió él, aunque le costó un poco y obviamente lo hizo de mala gana y algo enfadado.

–Si no soy una señora, ¿qué soy? ¿Una ramera? –le preguntó ella, levantando la barbilla.

–¡Lo que eres es una niña que ha estado dando palos de ciego! –se mofó él.

Entonces ella se echó a reír, tanto que se tuvo que tapar la boca con las manos mientras los ojos le echaban chispa.

Aquel gesto le resultó molesto a Austin. La miró a través de los ojos medio cerrados, tratando de controlarse. Luego suspiró dos veces, muy ostentosamente, enojado porque ella hubiera zanjado aquella cuestión con tanta facilidad. ¡Él llevaba enfadado desde que ella tenía dieciocho y se había casado con su primer marido!

¿Cómo podría un hombre, al que se suponía un hombre adulto y controlado, dominar a una mujer que había tenido tres maridos y sólo tenía veinticuatro años? Él era cinco años mayor que ella, y no sabía ni por dónde debía empezar para poder controlarla.

Ella era lo que era. Y probablemente no iba a cambiar. Austin la miró y vio que la alegría le bailaba en los ojos.

Entonces, ¡por eso se habían casado aquellos tres hombres con ella! Lo que ellos buscaban en ella era su alegría. Bueno, eso y su cuerpo.

Austin miró a Iris de la manera que sólo un hombre sabe mirar a una mujer y se dio cuenta de lo delgada que estaba. Pero aún lo había estado más. Aquella mujer había sufrido mucho. ¿Cómo podía haber sido tan egoísta? La había querido con locura desde que él tenía dieciséis años y ella sólo once. Entonces, ella se preocupaba de los animales, de sus hermanas, de su hermano y de él.

Él era mayor que ella. Él ya era un adulto y ella estaba a punto de serlo. Pero al mirarla, Austin se sentía vulnerable.

Ella le había observado con aquellos ojos tan grandes mientras él jugaba al fútbol o al hockey o mientras se dejaba la piel en la pista de baloncesto. Iris solía gritar y aplaudir, le encantaba formar parte de lo que estaba pasando. Entonces, él había pensado que todavía era demasiado joven.

Y aún lo seguía siendo. Él suspiró con el peso de la edad y de la resistencia que tendría que oponer ante Iris. Ella seguía riendo.

—Estoy de mal humor y tú no me estás haciendo ni caso. ¡Compórtate bien!

Ella echó la cabeza hacia atrás y rió aún más

fuerte, con las lágrimas a punto de saltársele de los ojos. ¿Cómo se atrevía?

Pero entonces, él empezó a sonreír, sin poder evitarlo a pesar de que él pensaba que un hombre siempre tiene que controlarse. Suspiró, dejando que sus resistencias se fueran derribando una a una y apartó la mirada, para volver luego la vista hacia ella, como le ocurre al metal con los imanes.

Capítulo Diez

Eran las dos de la mañana cuando Iris metió la llave en la puerta y entró en la casa. En la oscuridad, con un camisón y un chal, su madre se levantó de una silla y casi mató del susto a Iris, que llevaba los zapatos en la mano para no hacer ruido.

–¿Qué estás haciendo levantada a esta hora? –exclamó ella.

–He estado pensando si debía llamar a la policía para que te buscaran por si te había pasado algo –le dijo la madre–. Creí que Austin te había secuestrado.

–No te preocupes. Las ventanas estaban abiertas –bromeó Iris.

–¿Y?

–Nos vamos a casar el mes que viene.

–¿De verdad vais a esperar tanto tiempo?

–¿Cómo puedo darte las gracias por todo lo que has hecho por mí? –le preguntó Iris, sonriendo mientras su madre la abrazaba.

–Ya lo has hecho. Volviendo a la vida.

–Todo lo que me ha pasado ha sido muy raro –reconoció Iris, con la voz muy suave.

–Ni que lo digas –afirmó su madre.

–No me puedo creer que Austin todavía siga

soltero –comentó Iris, mirando por la ventaba la oscuridad de la noche.

–Sí que es raro.

–Cuando sea el momento adecuado, le preguntaré el porqué decidió seguir siendo soltero.

–¿Y si te dice que te estaba esperando? –le preguntó su madre.

–¿Y si me dice que otras mujeres le estaban asediando y que esto sólo es un medio de escapar? –replicó Iris, encogiéndose de hombros.

–Es mejor que te vayas a la cama –le dijo Edwina, con los ojos muy cansados, pero con una sonrisa.

–¿Cómo puedes estar esperando a estas horas de la mañana a una mujer que ha estado casada tres veces?

–Porque te quiero.

–Ah, mamá... ¿Qué hubiera hecho yo sin ti?

–Habrías sobrevivido –le dijo Edwina–. Verdaderamente, eres muy fuerte.

–Sí –respondió Iris, recordando todas las cosas que le habían pasado en su vida–. Ya me he dado cuenta.

–Has pasado por muchos sufrimientos –afirmó Edwina, sabiendo perfectamente a lo que ella se refería–. Pero lo has superado todo. Y ya era hora.

–¿Realmente crees que es cierto? ¿Crees que lo he superado?

–Si no te hubieras obligado a recuperarte, habrías muerto –le dijo su madre en voz muy suave–. Todos estábamos muy preocupados por ti.

–Y yo estaba tan metida dentro de mí misma que ni siquiera me di cuenta de que estabais conmigo y lo mucho que os preocupabais de mí –reconoció Iris, sin dejar de escrutar el profundo silencio de la noche.

–Nosotros te apoyábamos. Eso sí lo sabías.
–Sí.
–Pero fue Austin el que te sacó de tu rincón. Es un buen hombre.
–Así es –respondió ella, con una sonrisa–. Pero es un poco raro en algunas cosas.
–Ya me lo contarás en otra ocasión. Ahora me voy a la cama. Que duermas bien, mi niña.
–Ya soy una mujer –sonrió Iris.
–Enhorabuena.
–Me ha llevado un montón de tiempo. Buenas noches, mamá. Eres maravillosa. Papá no sabe la suerte que tiene de que seas su mujer.
–Yo también tengo mucha suerte de tenerle a él –replicó la madre.

Antes de separarse, se dieron un fuerte abrazo. Como la casa era muy grande, Iris se fue a la cama sin despertar a nadie más. Dado que había un cuarto de baño en su habitación, se dio una ducha, sin dejar de sonreír todo el tiempo.

Ya con el pijama puesto, se metió en la cama y se tapó. Una vez acomodada, suspiró para enseguida darse la vuelta y dormirse.

Todo había salido como ella esperaba... Así era como debían ser los sueños.

Austin paseaba arriba y abajo de su casa. Parecía mirar las cosas, pero no estaba lúcido en absoluto. Sólo podía pensar en Iris.

¿Por qué no se habría quedado a pasar la noche entera con él? Siempre estaba deseando marcharse a su casa para que su madre pudiera dormir tranquila. Pensó que la señora Smith era una mujer muy estricta, pero estaba seguro de que sería una buena abuela para sus hijos.

Austin recordó cuando Iris se había casado con cada uno de esos jovenzuelos, que la habían apartado de él. Aquellos momentos habían sido muy tristes, ella le había destrozado. ¿Cómo podía un hombre controlar a una mujer? Pero al final la había conseguido, ya la tenía. Todavía no era suya totalmente, aunque lo sería muy pronto.

El período de tiempo que tendría que pasar hasta que fuera suya totalmente le pareció una eternidad, lo que le hizo soltar un gruñido de desaprobación. Pero al final, se fue a la cama porque era muy tarde y sintiéndose muy adormilado enseguida... agotado por lo mucho que le habían amado. Entonces, sonrió con los ojos cerrados y finalmente se quedó dormido.

Al día siguiente, por la tarde, Austin fue a casa de Iris, limpio y arreglado. Sonrió constantemente, pero no dijo mucho. Iris bajó las escaleras con un aspecto bellísimo y exclamó, como si no hubiera estado esperando aquella visita:

—¡Qué alegría verte!

—Tengo que hablar con tu padre.

—¿Sí? —le preguntó ella, moviendo la cabeza e intentando no reírse—. ¿Se te ha escapado una de las vacas?

–No –respondió él, con un alegre brillo en los ojos–. Voy a pedir que me deje casarme con una de sus hijas.

–¿Sí? –preguntó ella, mirando a su alrededor–. ¿Te refieres a alguna de mis hermanas?

–Me refiero a ti –le respondió, sin poder apartarle los ojos de encima.

–¿Yo? –exclamó ella, pretendiendo que estaba muy sorprendida, mientras se ponía una mano en el pecho–. ¿Conmigo...?

–Sí –respondió él–. Tú eres la mayor y han estado intentando librarse de ti durante mucho tiempo...

Ella se echó a reír.

Austin tuvo la reunión que le había traído a aquella casa con el padre de Iris. El señor Smith fue un poco reacio a darle su bendición porque seguía pensando que Iris era una mujer muy frágil.

Sólo Austin sabía las energías que podía tener, sobre todo en ciertas ocasiones, pero, por supuesto, no lo mencionó. Sólo le dijo al señor Smith que sabía exactamente cómo tenía que cuidar de Iris y que ella estaría bien a su lado.

Aquella era la cuarta vez que el padre de Iris accedía a que alguien se convirtiera en el marido de su hija mayor. Sólo tenía veinticuatro años y aquél iba a ser su cuarto marido. Aquello preocupó un poco al padre de Iris, pero no hizo ningún comentario. Sólo le dio la mano a Austin y se preguntó si él... la sobreviviría.

Ninguna de todas las personas que vivían en aquella zona se vio sorprendida por el compromiso. Toda la familia estaba muy impaciente y se alegraron mucho cuando Iris les dijo que se iba a casar con Austin. Tampoco para ellos fue una sorpresa y a todos les pareció una idea maravillosa. Iris reía de felicidad.

–Genial –le dijeron sus hermanas–. ¿Sientes algo diferente en este cuarto matrimonio?

–Todos mis maridos han sido hombres buenos, pero Austin es especial –replicó Iris.

–¿Cómo... de especial? –le preguntó con mucha curiosidad la hermana pequeña, que sólo tenía dieciséis años.

–Lo amo.

–¿Es que no estuviste enamorada también de los otros? –le preguntaron las hermanas.

–Sí, pero de maneras diferentes –replicó suavemente Iris.

–¿Por qué?

–Los hombres son todos muy diferentes unos de los otros –respondió Iris–. Tienes que mirarlos y decidir.

–Y tú ya te has decidido –comentó una de las hermanas.

Iris se limitó a sonreír.

Cuando empezaron los preparativos de la boda, las hermanas fueron muy amables y tolerantes.

Charlaban y colaboraban todo lo que era posible y normal. Bueno, para ellas, todo aquello resultaba muy normal.

La madre se unió a sus hijas y todas juntas subieron al desván. Allí, fueron mirando uno por uno todos los viejos vestidos de boda, calculando los años que tendrían aquellos vestidos y quién los habría llevado y a quién le había dejado el marido. Aquello era parte de la historia familiar.

En realidad, la discusión sobre los antepasados era entre la madre y las tres hermanas de Iris. Ella estaba tan absorta que no prestaba mucha atención a lo que decían. Sólo sonreía y las miraba, pero no podía dejar de pensar en Austin. En aquellos momentos se veían poco y muy de vez en cuando, y cuando lo hacían, no dejaban de mirarse y sonreír constantemente. Austin no volvió a mencionar a los tres anteriores maridos de Iris, por lo menos en voz alta. Sólo quería que pasara el tiempo para que ella se convirtiera en su mujer.

Sin embargo, había personas que pensaban que un cuarto marido, para una mujer como Iris era ir demasiado lejos. Pero a Austin no le importaba.

Todos aquellos vestidos del desván fueron lavados y planchados. Las chicas de la tintorería sonrieron y suspiraron al examinar las telas... y sintieron algo de envidia.

No era ninguna sorpresa que todas las personas que vivían en la zona supieran lo que iba a pasar, pero nadie sabía quién había propagado la noticia. ¿Por teléfono? ¿En el supermercado? Nadie sabía ni quién ni cómo se había sabido todo. Cada persona parecía haberse enterado por otra totalmente diferente. La noticia del próximo enlace se supo inmediatamente. Incluso parecía que enviar las invitaciones resultaba un poco inútil.

Sin embargo, todas aquellas personas se sintieron muy alegres por Iris y su familia e hicieron que el tiempo de espera hasta el día de la boda fuera muy especial. Las reuniones, organizadas por diversos parientes y amigos, eran interminables.

Todo el mundo fue a todas las comidas o veladas para jugar al bridge o a las cenas. Tal fue el jaleo que se organizó que todo el mundo estaba agotado para cuando llegó el día de la boda. Sin embargo, Iris engordó más de dos kilos. Austin le llegó a preguntar si estaba embarazada.

–¡Dios mío! ¿Por qué me preguntas eso?
–¡Porque estas menos delgaducha!

Y ella se echó a reír, mientras los ojos le echaban chispas al contemplarlo.

–Pero tienes un aspecto magnífico –añadió él.
Era un hombre muy listo.

Finalmente, el día de la boda llegó. Todo el mundo estaba muy excitado, excepto los dos que se iban a casar. Parecían estar en el país de los sueños, y lo único que hacían eran mirarse el uno al otro y sonreír. Fue probablemente el único matrimonio, en aquella época, en el que no hubo ni una discusión.

Parecía que todos los vecinos de la zona se habían congregado en la iglesia el día de la boda. Incluso los que generalmente no asistían a misa todas las semanas estaban allí para la celebración. El pobre pastor tuvo que esmerarse mucho para recodar el nombre de todos los que allí acudieron.

Probablemente, el invitado más interesante fue Charles Bing, el fugitivo que había decidido volver voluntariamente a la cárcel. Sus compañeros de fuga habían hecho lo mismo, pero no voluntariamente y unos meses después, justo el tiempo que la policía tardó en capturarlos.

Como invitado a la boda, Charles había acudido con un acompañante muy especial: estaba esposado a un fuerte y bien vestido oficial de policía.

Cuando el órgano de la iglesia empezó a tocar la bien conocida canción, algunas de las mujeres se sacaron pañuelos del bolso para estar preparadas. Sus maridos suspiraron y sacudieron la cabeza muy tolerantes. ¡Mujeres! ¡Qué sentimentales!, pensaban los maridos, para luego acabar por limpiarse ellos una furtiva lágrima que se les escapaba por las mejillas.

El sacerdote apareció en el altar y miró sonriente por el pasillo central hasta la puerta de la iglesia. La ciudad era tan pequeña que los matrimonios no ocurrían tan a menudo. Y estaba encantado de que se produjera uno.

Las damas de honor y los pajes bajaron por entre las filas de bancos con amplias sonrisas. Las hermanas de Iris se sonrojaron mientras miraban a todos los que les resultaban conocidos. Sin embargo, todos los invitados que estaban en la iglesia se preguntaron lo que los amigos de Austin les habrían dicho a aquellas muchachas para hacerles sonrojar de aquella manera. Incluso los hombres que estaban allí sentados se lo preguntaron, sólo por curiosidad no para recriminarlos.

Entonces, la novia, del brazo de su padre, entró por el pasillo de la iglesia, llevando un vestido que había pertenecido a su tatarabuela. El vestido estaba cubierto de perlas.

Su padre estaba muy emocionado. Aquél era el cuarto matrimonio de su hija. ¡Y él había tomado parte en todos ellos! Se preguntó por un momento cómo habría ocurrido todo aquello, pero al ver a su hija, candorosa y feliz, que miraba deseosa el altar donde los esperaba Austin, se alegró por ella.

Austin sonreía, tratando de reprimir las lágrimas y era incapaz de ver a nadie más que a ella.

El padre de Iris permaneció al lado de su hija hasta que el sacerdote les preguntó:

—¿Quién entrega a esta mujer?

—Yo —respondió él, dando un paso al frente, para entregarle la mano de Iris a Austin.

Aquella boda era la más popular de los últimos tiempos. Sin embargo, no se diferenciaba mucho de los demás. Era la emoción que se había extendido para acoger a todos los invitados lo que lo hacía algo muy especial.

Iris lloró durante toda la ceremonia. No lloraba sólo por aquella boda, sino por todas las anteriores. Recordaba todas las ceremonias por las que había pasado y a todos los hombres maravillosos que ya no estaban entre ellos.

Sin embargo, Austin sí que estaba allí. Él había triunfado. Por fin Iris era suya. Con los ojos llenos de lágrimas, Iris le sonreía mientras le dio los votos. Estaba tan encantadora que estuvo a punto de acobardar a Austin, pero él la amaba tanto que le capturó el corazón y él supo que la adoraría durante el resto de su vida. Y aquello era algo extraño para que lo pensara el cuarto marido de una mujer.

Cuando el sacerdote les dijo que podían sellar su unión con un beso, se volvieron para estar uno enfrente del otro y se miraron con tanto amor y tanta intensidad que no hubo nadie en la iglesia que pudiera reprimir las lágrimas de la emoción.

El órgano llenó la iglesia con las notas de la marcha nupcial. La pareja sonrió y el sacerdote asintió. Entonces se volvieron y contemplaron a las familias y amigos que estaban sentados allí, a ambos lados de la iglesia. Todos sonreían y cuando los recién casados sonrieron, la iglesia se llenó de un sentimiento de profunda felicidad. ¡Iris Smith se había convertido en Iris Farrell!

Los recién casados avanzaron por la iglesia hacia la puerta sonriendo a todo el mundo mientras abandonaban la iglesia. Todos ellos se iban a reunir en casa de los Smith. Pero mientras se dirigían a la puerta, Iris bostezó.

Aquel gesto dejó perplejo y alarmó a Austin. ¿Iris había bostezado? ¿En el día de su boda? ¡Austin se sintió un poco indignado! Mientras la miraba, ella estaba de pie a su lado, ¡y se le cerraban los ojos!

Él la tomó entre sus brazos con mucho temor. ¿Iba a volver a caer en el estado en el que estaba cuando había vuelto de San Antonio? ¿Es que no era feliz siendo su esposa? ¿Iba rechazarlo en aquel momento, justo cuando acababan de casarse? ¿Se habría convertido él en otro hombre ante los ojos de ella? Austin estaba destrozado. ¡Aquello era inconcebible!

Él tenía la cabeza tan inclinada que podía mirarla perfectamente e incluso oírla respirar mientras la sujetaba entre sus brazos. Muy preocupado, agachó un poco más la cabeza y le dijo:

¿Cariño... ?

–¡Estuve levantada toda la noche intentando terminar de preparar el vestido! –le dijo ella suavemente–. Y ni siquiera me queda como debiera. ¡Estoy agotada! Probablemente tendrás que hacerme el amor mientras duermo.

–Yo me encargaré de eso –le dijo él, riendo suavemente mientras apretaba la mano de ella entre las suyas, mucho más aliviado.

–¿Ahora? –preguntó ella, abriendo los ojos de repente–. ¿Y a quién le importa? ¡La ceremonia ya ha terminado!

–Bueno... más o menos.

–Ni que lo digas –replicó ella.

Un poco más tarde, se pusieron a recibir la enhorabuena de todos, mientras les daban las manos y bebían el ponche en la iglesia. Más tarde, iban a celebrarlo en su casa.

Uno de aquellos invitados era Charles Bing, quien seguía escoltado por un policía muy estirado y silencioso, que, sin embargo, sí encontró las palabras necesarias para desearles todas las felicidades a los recién casados.

Entonces Iris pensó en sus amigas, que solían venir a pasar la noche en su casa y se la pasaban hablando sin parar. ¡Menuda diferencia!

Los invitados seguían saludándolos e Iris sonreía, y asentía, mientras las señoras se emocionaban mucho y la abrazaban. De repente sintió como si alguien estuviera intentando comunicarse con ella. ¿Sería Dios? ¿Cómo podría pasarle eso a ella? Entonces, buscó con la mirada a su marido. Él se había colocado de manera que podía verla perfectamente y vigilarla. Él la sonrió.

A ella se le llenaron los ojos de lágrimas. ¿Cómo habría ella sobrevivido? ¿Le habría sacado aquella primera vez su Ángel Guardián de la cama para hacerla ir al lado de Austin? Las lágrimas le empezaron a rodar por las mejillas, henchidas por una dulce sonrisa.

Austin se acercó a ella e inclinó la cabeza un poco para poder preguntarle muy seriamente:

–¿Estás bien?
–Te amo.
–Menos mal –replicó él, con los ojos llenos de lágrimas por la emoción–. Porque estás atrapada conmigo para el resto de tus días... e incluso más allá.

Ella levantó los ojos para mirarlo e inclinó su cuerpo sobre el de él para que Austin la abrazara.

–De acuerdo –le respondió ella, sin dejar de mirarlo a los ojos.

–Te amo –le dijo él, profundamente emocionado por aquellas palabras, con una sonrisa en los labios pero con los ojos llenos de lágrimas.

–Lo sé.

–Díme que por lo menos estoy a la altura de esos otros tres.

–Les sacas mucha ventaja a todos –le respondió ella, muy seria–. Todos ellos eran hombres encantadores y los amé mucho, pero no de la manera que te amo a ti. Por eso tienes que cuidarte mucho para que estés conmigo para siempre –añadió ella, mirándolo fijamente, también con los ojos llenos de lágrimas.

Finalmente, la mayoría de los invitados fue abandonando la iglesia y se fueron a casa. Sin embargo, los recién casados, junto con un grupo que se había quedado con ellos, fueron a casa de los Smith. Allí siguieron hablando y comiendo, llenos de alegría hasta que se hizo tan tarde que todos ellos estaban agotados.

Naturalmente, los recién casados se fueron a casa de Austin. Los invitados los siguieron, pero no entraron en la casa, sino que se quedaron fuera, cantándoles, gritando y haciendo ruido con palos.

Sin apagar ninguna luz, se desnudaron y se ducharon juntos, mientras él la abrazaba tiernamente. Ella estaba agotada, por lo que apoyó la cabeza en el pecho de él y dijo:

–¡Avísame cuándo tengo que levantar la pierna para salir de la bañera!

Él se echó a reír suavemente, pero ella le oyó incluso a través del estruendo que estaban armando los invitados, entre golpes, gritos y toques de bocina.

–¿Hacen esto cada vez que hay una boda? –preguntó ella.

–No. Sólo se alegran de que finalmente lo hayamos conseguido. ¿Te he dicho ya que te quiero?

–Que tú me hayas conseguido –le corrigió ella, con una sonrisa.

–No me lo puedo creer. Esto es justamente lo que he deseado durante tanto tiempo. Nunca pensé que finalmente ocurriera.

–Pues ya ha ocurrido.

Se besaron, se acariciaron y se amaron. Todo aquello en honor de los cánticos, gritos y bocinazos que se estaban produciendo en el exterior. Para entonces, los recién casados ya ni se daban cuenta de todo aquel ruido.

Mientras estaban tumbados en la cama, desnudos, sonriendo, plenos de felicidad, se dieron cuenta por fin de que los invitados que tanto ruido habían armado minutos antes, ¡ya se habían ido!

–Ya estamos solos –le dijo él.

–Por fin.

–¿Estás bien? –le preguntó él, cariñosamente.

–Vamos hacerlo otra vez –le replicó ella, inclinando la cabeza.

Austin se desplomó sobre las almohadas, simulando que había fallecido. Ella se echó a reír y le preguntó:

—Entonces, ¿qué sugieres que hagamos?

—Callarnos y dormirnos.

Ella soltó una sonora carcajada. Él la besó, tirando de ella para que estuviera encima de él, abrazando el cuerpo desnudo de Iris contra el suyo.

—No puedo creer que esto sea cierto —suspiró él, acariciándole la espalda.

—Lo es.

—Por fin...

Acepte 2 de nuestras mejores novelas de amor GRATIS

¡Y reciba un regalo sorpresa!

Oferta especial de tiempo limitado

Rellene el cupón y envíelo a
Harlequin Reader Service®
3010 Walden Ave.
P.O. Box 1867
Buffalo, N.Y. 14240-1867

¡Sí! Por favor, envíenme 2 novelas de amor de Harlequin (1 Bianca® y 1 Deseo®) gratis, más el regalo sorpresa. Luego remítanme 4 novelas nuevas todos los meses, las cuales recibiré mucho antes de que aparezcan en librerías, y factúrenme al bajo precio de $2,99 cada una, más $0,25 por envío e impuesto de ventas, si corresponde*. Este es el precio total, y es un ahorro de más del 10% sobre el precio de portada. !Una oferta excelente! Entiendo que el hecho de aceptar estos libros y el regalo no me obliga en forma alguna a la compra de libros adicionales. Y también que puedo devolver cualquier envío y cancelar en cualquier momento. Aún si decido no comprar ningún otro libro de Harlequin, los 2 libros gratis y el regalo sorpresa son míos para siempre.

416 BPA CESK

Nombre y apellido   (Por favor, letra de molde)

Dirección   Apartamento No.

Ciudad   Estado   Zona postal

Esta oferta se limita a un pedido por hogar y no está disponible para los subscriptores actuales de Deseo® y Bianca®.
*Los términos y precios quedan sujetos a cambios sin aviso previo.
Impuestos de ventas aplican en N.Y.

SPD-198   ©1997 Harlequin Enterprises Limited

Deseo®...
Donde Vive la Pasión

¡Añade hoy mismo estos selectos títulos de Harlequin Deseo® a tu colección!
Ahora puedes recibir un descuento pidiendo dos o más títulos.

HD#35143	CORAZÓN DE PIEDRA de Lucy Gordon	$3.50 ☐
HD#35144	UN HOMBRE MUY ESPECIAL de Diana Palmer	$3.50 ☐
HD#35145	PROPOSICIÓN INOCENTE de Elizabeth Bevarly	$3.50 ☐
HD#35146	EL TESORO DEL AMOR de Suzanne Simms	$3.50 ☐
HD#35147	LOS VAQUEROS NO LLORAN de Anne McAllister	$3.50 ☐
HD#35148	REGRESO AL PARAÍSO de Raye Morgan	$3.50 ☐

(cantidades disponibles limitadas en algunos títulos)

CANTIDAD TOTAL	$ _____
DESCUENTO: 10% PARA 2 O MÁS TÍTULOS	$ _____
GASTOS DE CORREOS Y MANIPULACION	$ _____

(1$ por 1 libro, 50 centavos por cada libro adicional)

IMPUESTOS*	$ _____
TOTAL A PAGAR	$ _____

(Cheque o money order—rogamos no enviar dinero en efectivo)

Para hacer el pedido, rellene y envíe este impreso con su nombre, dirección y zip code junto con un cheque o money order por el importe total arriba mencionado, a nombre de Harlequin Deseo, 3010 Walden Avenue, P.O. Box 9077, Buffalo, NY 14269-9047.

Nombre: _____

Dirección: _____ Ciudad: _____

Estado: _____ Zip Code: _____

Nº de cuenta (si fuera necesario):_____

*Los residentes en Nueva York deben añadir los impuestos locales.

Harlequin Deseo®

CBDES1

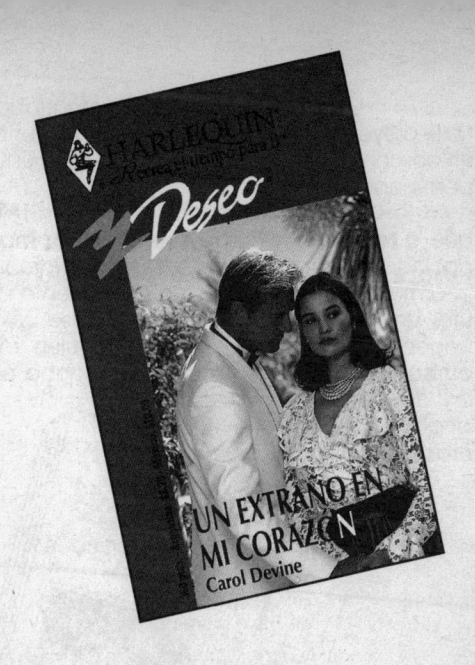

Ninguna mujer era inmune a los encantos del millonario Jack Tarkenton, el soltero más codiciado del mundo; ni siquiera la hermosa Meg Masterson. Pero tras un apasionado romance, Jack la había dejado con algo más significativo que un corazón destrozado...

Meg se casó con otro hombre para darle un nombre a su hija y tras enviudar, no podía imaginarse que tendría que aceptar un segundo matrimonio de conveniencia... aunque fuese con el único hombre capaz de curar todas sus heridas...

PIDELO EN TU QUIOSCO

Casi todas las mujeres encontraban irresistible a Jye Fox, pero para Steff simplemente era el chico con el que había crecido... sexy, estupendo, pero nada más.

Y Jye sentía mucho cariño por Steff... ¡aunque a menudo criticaba su desastrosa manera de cocinar y su aún más desastrosa vida amorosa! Era una mujer imposible, pero en el momento de necesitar una esposa falsa para asegurarse un trato de negocios, no pudo pensar en alguien mejor. Sin embargo, fingir estar casados significaba compartir un dormitorio... ¡y descubrir una atracción sexual que no era nada fingida!

Su seductor amigo

Alison Kelly

PIDELO EN TU QUIOSCO